吕 新作品系列

空旷之年

吕 新/著

山西出版传媒集团 北岳文艺出版社
BEIYUE LITERATURE & ART PUBLISHING HOUSE
·太原·

图书在版编目(CIP)数据

空旷之年 / 吕新著. — 太原 : 北岳文艺出版社，2018.1
(吕新作品系列)
ISBN 978-7-5378-5497-9

Ⅰ. ①空… Ⅱ. ①吕… Ⅲ. ①短篇小说—小说集—中国—当代 Ⅳ. ①I247.7

中国版本图书馆CIP数据核字(2017)第315495号

书名:空旷之年
著者:吕　新
策　　划:续小强
责任编辑:关志英
项目统筹:马　峻
装帧设计:张永文
印装监制:巩　璠

出版发行:山西出版传媒集团・北岳文艺出版社
地址:山西省太原市并州南路57号
邮编:030012
电话:0351-5628696(发行部)　0351-5628688(总编室)
传真:0351-5628680
网址:http://www.bywy.com　E－mail:bywycbs@163.com
经销商:新华书店　印刷装订:山西人民印刷有限责任公司

开本:890mm×1240mm　1/32　字数:171千字
印张:7.75　版次:2018年1月第1版　印次:2018年1月山西第1次印刷
书号:ISBN 978-7-5378-5497-9
定价:36.00元

目录

太阳下的风景

遍野的麦子都熟了，黄澄澄的望不到边。家里捎话来说，今年的收成又还过得去，除了麦子、莜麦、黑豆、山药，也都和往年差不多。

站在大黑沟的一个洞口旁，望着沟沿上乱纷纷的荒草，他想起了那些整齐明亮的麦地。捎话来的那个人叫老白，他小时候见过，三言两语，说完家里让他转告的几句话以后，就惊慌失措地走了。他本来想让他吃一点儿饭再走，可那个叫老白的人竟说什么也不肯，看见他周围的那些人，又看见几杆枪，竟像是见了鬼一样。他知道这个叫老白的人，是一个老实本分的人，看他麻烦成那样，所以也没有更多地挽留他。老白急煎煎的，像一条急于要回家的狗一样，像一个急于要从一个什么可怕的地方逃走的孩子一样，他也就让他走了。不走非憋出心事，吓出病来不可。

那时候，原野上、沟沿上的白杨树一齐抖动着白绿色的叶片，哗啦哗啦地响着，在他的眼里，很像是一个财主在一遍一遍地数着他的银圆。

天空中不断地游荡着一些形容古怪的东西，有的从南边来，有的从北边来，在它们游荡的过程中，有时会有声音响起，像滚动的木头。

张副政委批评他说，真是瞎说，天上怎么会有木头。

却又说，要是真有就好了，让它们掉下来、滚下来，把我们所有的敌人都统统砸死，我们也就不用成天再在这山沟里钻着了。

那天下午没有太阳。

是一个阴沉沉的下午，北风凄厉地叫着，很多时候其实像一种哭声，一群人在雪地上哭来哭去，很多人都这么觉得，只是没有人说，谁也没有把它说出来。这种事，不说，它就只是一种风声，是老天的事，是自然的事，冬天里，甚至春秋两季常见的事，谁也不能也不会怪罪它，给它安上一个什么罪名。但是只要一说，马上就成了一种严重的悲观情绪，从天气变成了思想，问题一下就不一样了。

四周有一些模糊不清的人在更加模糊不清地走动着，在有些瞬间他们显得十分遥远，像是一些传说里的人。

不过，他从来也没有把呼号的风声看成是人的哭声，风就是风，和人有什么关系，如果硬要从中听出点儿什么，他也更愿意相信那是战斗的呼声或者胜利的号角。那激越的号角一吹响，整个旧世界即开始战栗、摇晃，直至完全崩塌。另外，不管是刮风天还是下雨天，他的心里始终都是晴朗的。

他们坐在灰蒙蒙的景色里，像是在晒太阳，虽然并没有太阳。他记得太阳曾经出来过，把大黑沟的沟沿上照得亮晃晃的，可是后来，不知什么时候忽然又不见了，像是中途又被叫了回去。

先前有光芒的时候，大黑沟的深处也不甚明亮，幽幽暗暗的，甚至影影绰绰的，等到太阳一走，顿时就黑了下来。

他听见干瘪的枪声从背后传来。

事情过去很多年了，如今他常在这一带行走，有时仍然还能听到那干瘪的枪声，说不上什么时候就啪的一声，冷冷地传来。若要论声音的响亮程度，还不如一个“二踢脚”厉害，后者高亢、响亮，在半空中爆炸，直至烟消云散，有一种明人不做暗事的足够磊落的直爽和光明。而前者……

太阳是在半夜里升起来的。

天空变亮以后，就看见黑色的大雁排着整齐的队列正从麦地的上空飞过，边飞边把浅黑的影子留在下面。后来他看见那些浅黑的影子在动，都在弯着腰一蹿一蹿地往前动，就觉得奇怪，大雁整齐的队列早已飞远了，早已经完全看不见了，那些影子们怎么还在动？又往前回溯了几年，才知道他们并不是大雁留下的影子，而是一些正在埋头收割的人。在热烘烘的麦地里，镰刀一闪一闪的，一片片麦子随之齐刷刷地倒下。

燠热的麦地里涌动着一种说不上是什么的东西，那些浅黑的人影都只顾埋头收割，感觉不到什么，只有站在远处，才能看见那种奇怪的东西。

无数只纸糊的灯笼在四周晃来晃去。

有一种异常狰狞的东西正在不声不响地徘徊，他看见了，但是他眼里看见的却并不是狰狞，而是一种清风明月般的景象。事情经过了他的一厢情愿的吸收和过滤之后，已经彻底发生了改变，从外观到内核都已不再是最初的模样。就这，他还不承认是自己从中做了手脚，不承认把蓝色看成红色，把狞笑看作微笑。

那时候他最渴望的事情就是被大家承认，那时候要是有一个长工出身的人对他说，你和我们是一样的，他一准会感动得悲喜交加，高兴得泪如雨下。但是，记忆中，从来没有一个人对他那么说过。他也并不灰心，一直都在耐心地等待着，他相信总会有那一天的，没有隔膜，没有猜忌，更没有相互的提防和警惕，他与他们所有的人都像是一家人。不，比一家人更亲密、更纯洁、更叫人开心，因为那才是真正的革命大家庭。

是的，那才是他最想要的，而不是自己原来的那个所谓的家庭。那时候大家坐在一起聊天的时候，他最怕别人说起家庭，更怕有谁突然让他说一说，因为他羞于提起，更无颜说出。看到有人把目光转向他的时候，他总是把头深深地低下，或者看着别处，假装什么也没有听见，实在没有办法的时候就起身走开。别人谁都能说，谁都有一本苦难的血泪史，有一个无比光荣的出身，房无一间，地无一垄，爹死娘嫁人，从小给地主放牛，上山砍柴，受尽了剥削和欺压。而他，所有这些都与他无关。要仅仅只是无关，那也倒好了，他也就用不着那么的羞愧和不自在了。最关键最要命的恰恰是他的那个家庭正是大家所痛恨所诅咒的。革命是为了什么？打仗、流血牺牲是为了什么？不就是为了彻底推翻和砸烂像他们那样的那些家庭么？……他不敢再往下想了。家里的那几床绸缎的被褥，两间存放粮食的房子，成为他噩梦的源头和主要的场景。那时候他总是在想，什么时候那一切都不存在了，他才会真正感到自由起来，彻底轻松起来。

他常梦见一场大火吞噬了那个常使他汗流浃背又无地自容的家，看见小麦在呻吟，莜麦漆黑如炭，房倒屋塌，高大的梁柱越烧越细，直至成为一堆灰，一阵风又把它们刮得无影无踪。站在熊熊的火焰前，他独自放声大笑，从此一切的隐患和羁绊都不再存在，他身后的那条曾给他带来无尽耻辱的尾巴也一同消失，永不再回来。

还梦见自己手执利刃，将爹娘身上的皮悉数剥去，也将他们所有人的耻辱悉数剥去。一边剥，一边告诉他们，别怨恨我，我不得不这样。做娘的心疼她的儿子，对他说，想剥你就剥吧，只要能对你好。爹一开始的时候还破口大骂，后来声音渐渐地就小了下去，骂不动了，直到最后再没有一点声音。

这以后，又梦见骑红马、戴红花，披红挂绿，无上光荣。

听见有人说，看，一个崭新的人诞生了！

是从哪里诞生的？当然是从革命的大熔炉里诞生出来的，除此以外，再不会有任何的出处。

好几年，这样的梦一直都在伴随着他，隔几个月就来一次。

在大灰梁转战的那一年，他甚至有了一种错觉，以为那一切都已经是过去的事了。大家在一起说话，他也不再感到不自在，不再借故离去，因为他觉得身后的那条一直以来都让他耻辱的尾巴完全没有了，完全不存在了。

直到有一天，张副政委找他谈话，才让他如梦方醒，才让他明白先前的那一切不过只是他的一个梦，真的只是一个梦。

张副政委说，能不能给你爹捎个话，让他给咱们弄点儿粮食来。

听见张副政委这样说，他不禁一愣，什么，爹？爹难道还活着？不是已经血淋淋地死去了么？心里随即翻腾起来。那个在大火中早已走远了的家，难道还在？

他捎了话回去。

十几天以后，果然就有粮食上来了。路极其的难走，先是用车拉，到了车不能走的地方，就用驴驮。又到了驴不能驮的地方，就只能人背了。

看见两口袋粮食上来，张副政委说，够咱们吃几天的了。

够咱们吃几天的了？

话说得特别无力，又有一些懒懒的样子，像是身上已没有一点点力气。他看出来了，他从张副政委的眼睛和神情里看出来了，张副政委是有点儿嫌少，上来的要是满满的几大车粮食，他一定不会这么说，也一定不会是那样一种神情。他记得清清楚楚，那两口袋粮食被吭哧吭哧地背上来以后，张副政委只是瞟了一眼，继续伸着脖子往后看，他一定是以为后面还有，正在陆陆续续地上来。当得知后面再没有人，只有眼前这两口袋粮食时，张副政委一下就变得有些呆，脸上同时划过好几种颜色。好几种颜色，别的都不太明显，最明显的就是那种深深的失望。张副政委真的是觉得有些失望，本来正在喝水，后来连水也不喝了，叫来两个人，去树林子里捡柴火。

看见张副政委那么失望，他就知道这次的事情又没有办好，把一件本来不应该有任何问题的好事办成了一件坏事。也不能说是坏事，至少是没有办好。给了粮食，前前后后费了那么大的劲，最关键的是别人还不那么高兴，这能叫事情办好了么？

他不能不从心里埋怨父亲，为什么不送上两车上来？有两车粮食在那儿放着，他张副政委还能失望，还能不高兴么？他这边不用说，父亲本人，在张副政委的眼里，不也一下就成为一个开明人士了么？三头都磕过了，就差那么一哆嗦么？父亲，自以为精明，自以为会算计，实际上根本不知道自己有多愚蠢，多么不会办事。

送粮食上来的其中一个人还对他说，本来是要让那个叫老白的人来，可是那个老白，一听说是这事，打死也不肯再来。

粮食一放下，他就赶紧打发那两个人马上离开。因为他发现其中一个人竟然还摸出烟，大模大样地坐在一个树墩上，功臣似的抽了起来。他想，别抽了，功臣你们是做不成了，就这么两口袋粮食，还想做功臣？

那几天，他连头都不敢抬得太高，吃饭也只吃很少的一点儿。张副政委常常对众人说，咱们这些日子可是都靠人养活着呢，不然，你们，我，咱们大家早就都饿死了。张副政委这话他听得耳朵发烧，脸上也发烫，话里有话呢。

有一天，在向大黑沟一带转移的时候，有一个人突然刺溜一下滑出去了，他赶紧跑过去，扶起来一看，竟然是张副政委。

张副政委很感激地朝他笑笑。

一起相跟着赶路的时候，他就把这些日子以来一直憋在心头的话对张副政委说了。他对张副政委说，以后千万别再当着大伙的面那么说了，就那么两口袋粮食，他一想起来就觉得心里羞愧，非常的羞愧。

张副政委说，实事求是嘛，我们最讲实事求是。

有树枝拦住去路的时候，他就把树枝抬起来，让张副政委先过去。

他说，那也不能叫养活，只不过是尽了一点力，帮了一个小忙。

张副政委说，就是养活，明明就是养活么，给你饭吃，还不叫养活？那叫什么？

一根带着刺的树枝突然伸过来，差一点戳进他的眼睛里。

张副政委说，我们现在不行，可是谁养活过我们，帮助支持过我们，我们都在心里记着呢，等将来，一定会加倍偿还。

灰蒙蒙的山梁匍匐在同样灰蒙蒙的天底下，枯黄的荒草在风里摇晃着，无论走到哪里，到处都能看见它们无比萧瑟的面容和身影，有的站在悬崖边上，像是要真心去赴死，还有的一路绵延着，远远地伸向遥远的天边。

常看见山下有一些忽隐忽现的白色。

还是在这之前，有一天，张副政委忽然问他，听说你们家有长工？

他顿时就吓了一跳，说，听谁说的？

张副政委说，不用管是谁说的，你就说有没有吧？

他说没有。

张副政委说，真的没有？

他说，真的没有。

张副政委说，再好好想想，不要回答得那么快。

张副政委意味深长地看着他，看得他不禁有些慌了。他不知道究竟是谁向张副政委说到了这样的话，又为什么想起说这些。长工，什么样的人家才会有长工，还用多说么，事情不言而喻。张副政委忽然说出的这件事，让他想到了另外的一些问题，那就是人们平时到底都在关心什么，又都在说些什么？是不是每一个人都在别人的嘴里含着，在舌头下存放着，到了某些时候就会把他吐出来，挂到嘴边？

他有些冒汗了。他说，张副政委。

张副政委说，想起来了？

他说真的没有，只不过是每当农忙的季节，人手少，实在忙不过来，就找几个人来帮帮忙，等到农忙一过，很快就又散了，又都各回各家去了。

张副政委说，噢，那说明地不少么，是不是？要是只有一亩地，那还用得着找人来帮忙么？是不是，自己还不够干的呢。

他说，张副政委说得对。

张副政委说，大约有多少亩地呢？

他说，有几十亩。

张副政委哈哈地笑了起来，说，几十亩，财主呀，名副其实的老财啊。

他说，张副政委。

他的脸骤然变得煞白，他就怕人说老财这两个字，无论是谁，只要一提起老财这两个字，他都会心慌不已，心咚咚地跳个不停，恐惧的捻子会不由自主地往自己的那个家里拐，往自己的那个家里引。那个引火烧身的家啊，那个无论什么时候想起来都令人坐卧不宁又无地自容的家啊，那个已经在悬崖边上开始摇晃的家啊！他在心里叫着苦，他说爹呀，好好的太平日子你不过，你为什么要贪心不足地置办那么多的地呢，有什么用呢，就是为了多打一点粮食么？为什么非要多打一些呢，够一家人吃不就行了么，多打的那些又有什么意思呢？这么多年了，就改不了那个贪心不足的毛病，一听说哪儿有地，眼睛登时就亮了。

亮吧，他想，总有不亮的那一天，总有亮不动的那一天，总有他不敢亮也不想亮的那一天，总有漆黑一片的那一天。

太阳很白，很冷。

白而冷的光，让人想起刀，以及一些相关的东西。

山梁上一棵一棵的树孤零零地长在那里，他看着那些干枯冰冷的枝丫，觉得自己的身上更冷，眼睛也像是被冻住了，像锁在冰面上的圆圆的的卵石，不再能转动，更别提向附近观察，朝远处眺望。那些树都光秃秃的，没有很高大的，更有的像一些失去了手指的手臂，每当西北风一过来，就总是狠狠地抽打着它们。看见它们被打得抱腰屈腿，左右摇晃，却又总是无处可躲，他常常感到难过，却又完全插不上手，帮不上一点点忙。伴随着猛烈的抽打，一定还会有某种令人发抖的声音，凄楚的哀叫和痛不欲生的呻吟，但是他听不见。以前他经常能听到那种声音，可是后来不行了，自从长大成人以后，他发现很多的东西都不再能够听见了。更有一些年，一件事情明明正在发生，应该具有相关的一切声音，但是在他眼里却什么声音也没有，发生也是在无声无息地发生着，很多的动作也不再具有应有的响声。一个人打另一个人，只能看见一个接着一个的动作，却没有任何声音，双方都没有任何的声音。一支队伍攻击另一支队伍，呈现在他眼里的情景也是一样的，子弹飞出去，没有响声，有人倒下，也没有响声。至于血，更没有一丝一毫的声音，血好像从来就没有任何声音，只有渗出来或者流出来时的那种样子，哪怕是溅出来的，也是一样的。

很多年，他没有听到过任何一种声音。

透过凌乱的树丛，他看见山下的草一闪一闪的，摇摇晃晃地起来，有一种大病初愈后的虚弱，黄黄的，瘦瘦的，却又有一种硬撑着要上路的感觉。山上山下所有他能看见的东西都在他的面前无声的展开，过一会儿以后又无声地合上。像是只给他看一眼，看过之后立即又收起来，仿佛一种稀世珍宝，不能长久地展开和袒露。他想起小时候经常听见一些圆圆的声音在雪地上滚得老远。

他经常梦见他给一个女人种树，搬石头，树一片一片地种着，石头一趟一趟地搬着。那个女人端坐在无边的黄土上，头顶上是一片圆圆的蓝天。天上的那种蓝，蓝得让人眼晕，盯着看得久了，甚至会眼前发黑。她的柳丝般的黑发披散在她的肩上。他看见太阳在偷他的那些水，他刚把水浇到树下，太阳就伸出手把它们又捧走了。

女人说，水，还有么？

附近一带的树枝上、灌木上，晾晒着她的一些衣裳。

有风吹来，他的眼前仿佛飘满了旗帜。

大队长的眉毛上有一道伤疤，天一阴时，那道伤疤就会变红。大队长牺牲的那个黄昏，他看见那道赤红色的伤疤飘来飘去，非常的不安分，像是要远走高飞的样子，不再继续在大队长的脸上驻扎了。

他想上去把那道想要远走高飞的伤疤摁住。

他说不行，你不能走。

那道赤红色的伤疤说，你又是谁，管得倒宽。

他说，别管我是谁，反正你不能走。

赤红色的伤疤说，为啥不能走？

他说，你一走了，大队长就也要走了。

赤红色的伤疤说，管好你自己就行了。想得还挺多，挺远。你一天多少定量?

他说四两。

赤红色的伤疤说，吃粮不多，管事还不少。

这以后，他们就开始了搏斗和撕扯。赤红色的伤疤非要走，但是他偏不让它走，他觉得无论说什么也不能让它走，它只要一走，大队长肯定也就完了。这是一种什么逻辑，他也说不清楚，就只是一种感觉，一种特别清晰特别肯定的感觉。感觉那赤红色的家伙只要一离开，大队长马上就完，不管他此前有多少经验，也不管他的那些经验有多丰富、多重要，甚至多传奇，到时候那都通通不起作用，该完的还是要完，该发生的还是要发生。

那时候，他死死地把它按住，不让它有一点点反扑的机会和可能，却不料，它突然张开它那赤红色的嘴，狠狠地咬了他一口，他顿时疼得眼前直冒金星。手肯定是已经破了，因为他注意到血已经喷溅出来，喷溅了他一头一脸，甚至还染红了旁边的一些杂草和树枝。他扭头看着那些被染得红艳艳的杂草和树枝，也就那时候，就在他愣神的那一瞬间，那个赤红色的家伙悄悄地从他的手指间露出了它的头，看看四周，然后就纵身一跃，刺溜一下，从他的手指间飞了出去，一转眼便展翅高飞，很快就再也看不见了。

他有些颓败无力地坐在满是腐叶和毛刺的地上，抬起头看看天上，天上一片蔚蓝，什么也没有，蓝得让人眼前一阵阵发晕，发黑。

他说，对不起，我没能看住它，也没有斗过它去，让它跑了。

大队长完了，很可能这就要走了。

这样想过之后，他注意着四周和远处。

看见有人在爬行。

有草变成黑色。

果然，还不到一分钟，那边就传来了大队长牺牲的消息。

那时候，他看见大队长满脸油彩，仿佛霞光熠熠，正在独自徐徐上升。

那时候，他听见一阵低远的水声正在自己的身体里——也有可能是周围一带——汩汩地鸣响。

他拦住大队长的去路，对大队长说，大队长，你不能走。

满脸油彩满脸霞光的大队长说，我已经完成任务了，我要走了。

他说，还有那么多事呢，怎么能说完成了任务。

大队长说，事情再多，也和我没有关系了，我死了，就证明再没有我的事了。

他说，乔日山的队伍还包围着我们呢。

大队长说，这些我都知道，我也都看见了，可是我已经死了，不能再做什么了。不是还有张副政委他们在吗。

有枪声传来，又是那种干瘪的啪啪声，像是一个小孩子在捣蛋，像是他把一个点着了的小鞭炮砸在了墙上或者石头上。

一不留神，就看见大队长独自徐徐上升，等他反应过来时，已升至半空，虽然脸上仍然涂满油彩，霞光熠熠，但整个人已瘦成细细的一条，却还在继续往上飘荡。升着，飘着，后来就渐渐地没有了，什么也看不见了。

他注视着地上的那个影子，怎么看都不像是他自己，怎么看都有些奇怪。树丛里传来唰啦唰啦的响动，有积雪被碰了下去，白糖一样，纷纷扬扬地往地上落着。

好像有蝴蝶在飞，在山梁上，在清冷而又透明的阳光里无声无息地飞着。

这个时候怎么会有蝴蝶在飞？他感到奇怪，到底是些什么样的蝴蝶呢，还能在这么严寒的天气里翩翩起舞，除非它本身是铁打的，或者木头做的。好多事情越来越看不明白甚至完全看不懂了。有时候，他正一个人坐着，会忽然看见一阵雪向他迎面扬过来，扬得他一头一脸，还有的冰凉凉地钻进衣服里。他听见一阵叽叽咕咕的笑声，像是专门笑给他的，似乎怕他听见，却又非常的想让他听见。这是在干什么呢，他想，却又一时想不明白。

地上的雪在不断地消融，又在不断地重新隆起，一些烧红的铁丝哧哧地躺在雪地上，响着，冒着青烟。

四周有一种烧焦的皮肉的味道和燎毛的味道。

那时候，天空中所有的羽毛都显得凌乱不堪，前后拖着艳丽的血丝。鸟雀们在太阳的光线里赤裸着难看的赤红色的身躯，慢悠悠地不慌不忙地飞着，有的飞得过于低下，就在人的头顶上面，甚至耳朵旁边，一抬头，就能看到它们那疙里疙瘩的鸡皮般的身体。

索命的、逃命的，还有那些把钱财看得比命重要的，腋下夹着包袱，怀里抱着描金的盒子，都在泥泞的雪地上四散奔逃着。

他看见一些人的耳朵变得巨大无比，像一张张充血的牛皮，静静地垂挂在山坡上。各种路途如丝线般凌乱。

如今，他常常感觉到一种赤脚走在雪地上的声音正在由远而近地过来，越来越清晰，越来越明显，那悠远而持久的回音从一片遥远的麦地里动身、出发，一步步地走来，越走越近，好像就要接近他的身边了。

那堆高高的积雪又出现在他的眼前。张副政委划了一根火柴想要点燃它。看到张副政委要那样做，他长长地喘了一口气。

不料，却把那火柴给吹灭了。

张副政委笑着说，没火柴了，那是最后的一根。

又说，就那一根，还让你给吹灭了。

那堆积雪向四周蔓延、膨胀，变得巨大无比。

张副政委说，总得找个地方才是。

他朝四周看了看，说，那就进这雪里吧。

张副政委说，这可是你说的。

仿佛是一夜之间，很多人都不在了，房檐下哗哗地流着水，墙头上架着梯子，有的地方却又塌成一个土堆。

院子里满是过去岁月里的痕迹，倾翻的箱子，与泥水混在一起的衣服，又被新下的雪盖住。有鸡从柜子里突然跑出来，叽叽地叫着，越过墙头上的豁口，踉跄着，没头没脑地朝远处的雪地上连跑带飞地远去。

院子里的雪地上满是丢洒的粮食，像是一群人脸上的麻子，有的清晰、有的模糊地落在雪里。牛不见了，马也没有了，犁横卧在矮下去的墙头上，连枷和镰铲不知为什么都到了房顶上，问谁谁不知道。

父亲的皮帽子像一只死去的小动物一样躺在雪地上。

当他不是衣锦还乡，也不是正常的普通的归来，而是被五花大绑着回来以后，得知爹娘都已先他而死，这让他顿时放心不少，也轻松了很多，他再也不用到处找了，再也不用惦记他们在哪里了。

死了也好，省却了多少痛苦和麻烦。

好，死得好。

好，这就好了。

他在心里说。

两个押解着他的人很年轻，他都不认识，他们刚在一户人家里吃过羊杂碎出来，两张年轻的脸此刻都通红、热烈，还冒着热气。其中一个突然抬起脚在他后面的小腿上踢了一脚，他腿一软，不由自主地跪倒在亮得刺眼的雪地上。他看到了远处的树，又回头看看身后的那两张散发着浓郁的羊膻气的通红的脸。就在他努力想要重新站起来的时候，忽然感到裤裆里一热，他的本来冻得苍白青灰的脸霎时间也变得一片通红，红色一直蔓延到他的耳根下面，倒像是一个不胜酒力的人。

不知从哪里突然飞过来一块石头，砸在他的后背上，不过，捆在他身上的那根绳子倒是实实在在地给了他及时的抵挡和庇护，因为那块飞来的石头正好砸在了绳子上，所以他并没有感到任何的疼痛。他回过头来笑了一下，不是冲着某一个人笑，而是面对着那白皑皑的雪地和晃眼的树木。

通往外界的所有的路都没有了，不见了。

就在那时，他忽然看到了无数密密麻麻的眼睛。

走在白皑皑的雪地上，他想起了很久以前的一种红色。

他抬起头朝天上看了一眼，又没有太阳。

阴沉沉的灰暗的天底下，在原来每逢夏日说书的人摆开场子说书的那个地方，堆起了一个大雪堆，中间已经被掏开，正好可以容纳一个人站在里面。

几个民兵端着枪，带着他往那个雪堆前走。

走着走着，他忽然看见万叔抱着一个两三岁的孩子站在临街的门口，不禁一阵激动。小时候，哪一天不见万叔好几面，他们专门往他的院子里尿尿，被万叔追得满街跑。一晃多少年过去了，他看见万叔苍黄的胡子。

他说，万叔，这是谁的孩子？

万叔没有说话，而是无比慌乱地看了他一眼，把手里的那个孩子换了一个姿势抱着，用孩子的小小的身体挡住了自己的脸。

那个孩子倒是扭过一张小脸愣愣地看着他。

他笑了一下。万叔不愿意和他说话呢，说不定还记着多年以前往他的院子里尿尿的事呢。都过去这么多年了，难道还在生气么。

从万叔的门前过去以后，又经过几家的门口，他却生分了，竟一下想不起是谁家。刘家？薛家？赵氏兄弟？

突然，忽然，他眼前一亮，看见了三狗。

他记得清清楚楚，三狗和他可是同一天出生的。

看见三狗，他早已把一抹笑容挂到脸上，正要开口叫三狗，却发现三狗突然来了一个急转身，一下就转过去了，只把一个直挺挺的后背朝向这边。他愣了一下，忽然又看见三狗的背上原来也挎着一支枪呢。

他又笑了一下，决定不再和任何一个人打招呼了。

旁边的一个人突然用枪托捅了他一下，说，还笑？有你哭的时候呢。

他说，我永远也不会哭，不信你就看着。

背后忽然被重重地一推，就来到了那个大大的雪堆前。

在脱掉他的鞋子时，他又不知不觉地笑了一下，但是没有人看见，他们那时只顾忙着把他的裤腿向上翻起来，所以谁也没有注意到他那苍白冰冷的一抹笑容。接下来，很快他就被两三个人架起来，放进了雪里。

他直直地站在雪里。

他们挎着枪，站在雪堆的外面。

有风从雪地上来了，一路呜呜咽咽地哭着。

太阳又是从半夜里升起来的。

太阳升起来的时候，他坐在一片遥远的麦地里，像是一只飞累了的鸟，刚刚落下来，正在歇息。

一些黄泥捏成的人在他的四周走来走去。

发表于《收获》一九八九年第二期

黄昏的葡萄

黄昏的时候，来了一个人，拎着一个灰黄色的提包，像一个浅黑的影子一样，住进了干校后面的一间小屋里。

屋檐低垂，门闩松动。

在那些屋檐不低垂，门闩也不松动的日子里，那曾经是一间存放扩音设备和纪念品的房子，中间有一段时间还曾经做过文化教员的宿舍。经常是一个文化教员住在里面，最多的时候，同时住过三个。

北方的河流，春天的时候是浑黄的，夹带着很大的泥沙。夏、秋两季呈纯净的蓝色。一到了冬天，水大的河流就结了厚厚的白色的冰。水小的地方，便什么都没有了，留下满河川的石头，白石头、黑石头，以卵形的居多，也有别的形状的，比如像盘子一样的扁圆形的，像一种很甜的饼干一样的圆柱形的，都十分的光滑。另外还有许多棋子大小的，从远处看，像极了一些黑白分明的眼睛，正在空寂的河滩里眨动、凝视。

干校，就坐落在河滩上。

周围一棵树也没有，只有青灰的砖墙圈着七八排房子，每一排房子又各有十来间，整个院子里共有七八十间至少外表看上去一模一样的房子。

院子周围不种树，也没有别的植物，据说是为了便于廓清和观察，还能有效地防止隐蔽和藏匿，无论谁出现在那里，都会被看得一清二楚。

有人来了，有人走了，都能够看得清清楚楚，尽收眼底。

昨天你穿着一件白的，今天却换成一件黑的，你总以为没人注意到，总以为是你个人的一点小动作，那只是你的看法，实际上有人记得呢。

很多人觉得河川里那些黑白分明的小石头很像是人的眼睛。不过，也有从这里走了的人说，那些零零碎碎的石头，更像是一些被打落了的牙齿。

眼睛也好，牙齿也罢，那不过都是人们的一些说法，一种比喻。而真正的那些石头们，却从来都没有任何反应，好多年了，它们就那样一直躺在河川里，一声不吭，一动不动，夏天水来了的时候，被水盖住，等到冬天没水了，再露出来。它们没有什么经历么？历经春夏秋三个季节的漂泊与淘洗，谁能说它们没有经历？此外，它们还见识过一茬又一茬的来到这里的人，各种各样的奇形怪状的人，一茬人走了，接着就又是新的一茬。经常都会有新面孔出现，他们常在河边站立、盘桓、徘徊，有哭声，也有过笑声，甚至还有人头朝下栽进来，用头上流出的血把它们意外地染成红色，或者黑红色。

河滩上的阳光经常总是干干净净的。

住在前排的一个女人，主要任务是收发报纸的，有四十多岁了，也可能还不到四十，牙很白，夏天的晚上，穿着贴身的小衣服的时候，会显出一个很细的腰身。但是，很多时候，她都穿着很宽大的衣服，像工厂里那些戴着帽子的女工，遮掩着她的本来的东西。所以，真正见过她的腰身的人其实并不多。

这时候，原先住在这里的人大都不在了。有时，会从外面寄来几封信，信是寄给那些曾经在这里，而如今已不在了的人的。女人就将信一封一封地包好，放起来。因为不知道那些人如今都到了哪里，便也无法往外转，只得放着，压着，也只能放着，压着，因为除此再没有别的更好的办法。

慢慢地积攒起来，竟也有了一定的规模。有一个黑颜色的大木柜子，里面从上到下，放的全是信，最早来的都在下面，后来来的都摞在上面。

报纸也好久没人看了，也没人过问。经常隔一两个月来一次，在女人的记忆里，最长的一次，甚至半年才来了一次。来一次，便是高高的一大摞。送信的吭哧吭哧地抱着，有时甚至扛着进来，不了解情况的外人，或许还以为是勤劳能干的男人给自己的家里弄回一个什么大件的值钱的东西。

有时候要是提前远远地看见送信的来了，女人也会提前迎出来，帮忙搬一些报纸。这时如有不明情况的外人再看见，会以为他们是一对勤劳的夫妻，像两只蚂蚁一样，正在把公蚂蚁从外面打闹回来的东西往它们的窝里拖。

这就是人世间的错觉之一，或者说一种常见的误解。

女人也不看，很少看见女人坐在那里看报纸的。不管一次来多少，来了，便整整齐齐地叠好，码起来，与以前的那些堆在一起。

有时，会给住在后排的老头拿去一些，让他卷烟用。

从这里往东三十里，有一个小镇。小镇很老了，据说是唐末兴起的，有人从庙里墙上画着的那些图画里能看出一些门道和端倪来。小镇还有城门，两个或是三个，城门上的土经常悄悄地往下掉，有时，会落在过往行人的头上或者身上。每天，天一黑，小镇的城门口便黑乌乌的了，风不小。小镇里有许多矮小狭窄的杂货铺、烟酒店，还有专门卖酱油和烧饼的门框很小很窄的小铺。镇子里的人，一到春天，天气晴朗的时候，都在各家的屋顶上升起各种式样各种颜色的风筝。

风筝飞起来以后，尾巴很长，像一些古怪的东西，画在空中，或者降临在小镇的上面，常常会把一些真正的鸟雀吓跑。

从这里往西二三十里，有一个十几口人的小村子，村子里的土墙本来是黄白的，但有些已趋于灰白。街上常有干黄的草。

树不多。

村外是密集的玉茭地、土豆地和胡萝卜地。经常有几匹马在那一带吃草，或者站着。看不见放牧的人，好像只有它们自己。

白日里，女人一个人做饭、吃饭，每顿饭只做很少的一点儿，切开两个土豆，洗净一棵白菜，一个红红的辣椒。

天气发亮的日子，女人就扎一条碎花的围裙，擦擦那些玻璃。玻璃其实不脏，只是上面蒙了些浮土，看上去便雾蒙蒙的，以为脏了。

擦完玻璃，要是还不到做饭的时间，一时又没有别的事，女人就搬一个木凳子坐在门口，静静地看门外的阳光和院子里的东西在阳光下的轻重的影子。

天一黑，女人就关了门，睡觉。窗户上糊着厚厚的旧报纸，古铜的颜色，风吹上去嗡嗡地响，很结实，不容易破。

有时，女人也拉开一个黄杨木桌子的抽屉，取出里面的一个厚厚的灰色的笔记本，笔记本的扉页上有一行留言，还有一个悄悄地签在角落里的不易被发现的极小的名字。女人一看见那个瘦小的名字，脸上便会红一下。笔记本里面夹了一张发黄的照片，又黄又旧。还有一片白果树叶子和一只薄薄的花蝴蝶。

看完了，便又轻轻地合上那个本子，像打开的时候一样，又轻轻地拉上抽屉。一把黄色的小铜锁挂在抽屉上，终日开着，也并不锁。

没有闲杂人等，只有她一个人，抽屉当然不需要上锁，锁了反而烦琐，麻烦。

有两三根干瘪的黄丝瓜挂在房檐下，有可能是来年做种子用的，也有可能不是。

女人看着那灰色的院墙，院墙过去后便是河滩，再远处便是苍茫的旷野和更远处的山川了。远山灰蒙蒙的，也看不清什么。

每个月的初一和十五，女人便到院子的后排去看看。

后排是一片空地。

老头就住在院子后排的一间房子里，孤零零的一间，像是专门给什么人盖的，和其他那些排房似乎不是一回事。房子的左右和后面都是空地。空地上的土是黑土，能种东西，不知道是老头开出来的，还是以前住在这里的人们开出来的。现在老头一个人种着这片地，大葱、白菜、豆角、番茄和黄瓜，还有一小片土豆。

有时候，看看周围没人，四周一片寂静，老头就对准一道沟垄，尿出一道弯弯曲曲的斜线，名曰：施肥。

老头把自己的尿理解为尿素。不用化肥厂生产，他本人就能生产出来，还不用花钱。不过，也幸好只有这么一小片地，要是面积再大了，有几十亩甚至几十顷，那就顾不过来了，他一个干瘦老头，哪有那么多尿素。

院墙下有一个水道，雨水就从那里排走。夏天里，老头就通过院墙下的那个水道，把外面河里的水哗哗地引进园子里来。

这个水道以前并不是用来引水或者排水的，也不是一个正经的工程，说起来，其实是一个罪证，或者说是一个罪恶的通道。这水道并不是当年的施工方修建的，而是一个住在这里的年轻人偷偷地挖下的。年轻人的对象要嫁别人了，年轻人哭得两眼红肿，焦急、上火，心内如焚。年轻人想出去，想去解决他的那些问题，便在后院的墙下挖了这个洞。那时，这墙下的野草长得很是茂密，一丛一丛的，透着一种幽静阴冷的气息，最高的野草能够越过墙头，长到墙的那一面去。

后来，有一天，那个年轻人就顺着他挖开的那个通道跑出去了。

其实，也没跑多远，刚过了河的对岸，这面的枪声就响了，啪啪两声枪响过后，年轻人就倒在了河那面的河滩上。年轻人的两只眼睛瞪得很大，眼珠子硬得像河川里那些圆圆的小石头一样，老头很费劲地合了几次，才将他的眼皮合上。

菜能吃的时候，老头从后面折到前排来，站在门外喊女人去后面的园子里摘菜，女人在屋里答应一声，就去了。

太阳黄黄的，或者白白的，或者红红的，天上一只鸟也没有。

灰砖的院墙和红瓦的屋顶上长出了细细的黄草，铜丝一样，一根一根地站立着，稀疏寥落，风一吹，草就摇晃一阵，风走了，它们也就不摇晃了，有时候竟像一些老年人一样颤颤巍巍的。草细，草在太阳摇出的影子更细，都是一些轻轻的黑影。

一进入秋后，老头经营的那片空地上便什么也没有了，夜间开始有了霜冻。早晨一起来，地上白白的一层。

这是十月里的一天，足足刮了一天的黄风。风大，土厚，几步之外什么也看不见。一直刮得天黄了，地也黄了，大白天和黄昏一样。

晚饭在下午的时候就已经开始了。

老头这天被天气弄昏了头，所以，早早地便吃完了晚饭。其实那时下午才刚刚开始，距离天黑还远得很。

吃完了晚饭以后，看见风还在刮，老头就觉得奇怪。一般这样的风，要是整整刮了一白天，到晚上就会停止，不再刮了，然而今天却有些特别。老头想，照这么刮下去，恐怕到了后半夜也不会停。

老头昏昏沉沉地坐在他的那间房子里，吃完晚饭以后，按道理该睡了，可是他却觉得自己一点儿也不瞌睡。

真正天快黑的时候，风果然停了。

女人从屋里出来，看见天地间充满了十分陈旧的黄色，就像那些发黄了的旧报纸一样。河边的那几棵树也被一整天的风刮得灰灰的。

女人在门口站着看了一会儿，忽然想起一件事，又转身进了屋里，正要关门，却猛地看见窗户外面晃过一个黑黑的人，像是一个光着脑袋的年轻人……女人觉得奇怪和异样，就急忙出门去看，却又什么也没有。

这时，外面已经完全黑下来了，河滩上苍苍茫茫，静极了。要是夏天，至少还有河水的声音，草丛里蛐蛐的叫声和萤火虫的亮光，可是这会儿，河里没有水，草丛里没有蛐蛐，一切的声音便也都没有了。

女人凝神片刻，又转身进屋，开始点火，做饭。后排的老头被刮风紊乱了时辰，但是她没有紊乱，她知道这时候才是应该做晚饭的时间。

火生起来以后，她又下意识地朝窗外看看，这一看不要紧，又把她吓得魂飞魄散，她猛地又瞧见了那个人，还是刚才的那个样子，光头，二三十岁的样子，两排牙齿白森森的，雪亮，紧紧地抵在玻璃窗上。

就在那同时，女人分明还看到了一双眼睛。

一双男人的眼睛。

一幅悲愤而又恐怖的木刻。

女人惊叫一声，丢了手里的勺子，夺门而逃。

风一样地朝后排跑去。

老头那时正在他的屋子里一个人坐着发愣。

女人对老头说，她看得真真切切，闪现在她窗户外面的那个人的脸、头和身架，像极了那个偷偷挖洞逃跑的年轻人，可是那双眼睛又有点儿不太像，倒是很像原来住在这里的那个年轻的诗人。

老头听完女人那连续的却又混乱的机关枪式的讲述，沉吟了半晌，没说话。又想了一会儿以后，老头才说，肯定不会是那个当年想逃跑的年轻人，因为他清清楚楚地记得，当年那个年轻人确确实实已经死了，老头除了给他身上苫了草，还亲手把他的一双眼睛合上，那两个眼珠子，瞪得圆圆的，又硬得像是河川里的那些小石头，老头费了很大的劲才把他的那一双眼睛给合上。做完那些以后，老头原以为回来后很有可能会被叫去谈话，结果却没有，一直没有人找他谈话，也没有人对他说过什么。

时间冲刷着一切。后来，那件事就渐渐地被人们忘记了。

老头又分析说，不是那个挖洞的年轻人，也肯定不会是诗人小杨，小杨诗人当年在这里的时候，与老头相处得很好。他知道小杨诗人，小杨诗人后来下肢瘫痪了，根本不能行走，回了老家，南方的一座小城。那里每到春天，街上、小巷里，飘满了桃花、杏花和迎春花。小杨诗人当年在这里的时候，常对老头说起，在他们住的那个小院前，有一排水粉画似的梧桐树，还有一个名叫废园的小花园。名义上叫废园，实际上却一点也不废，里面花团锦簇，曲径通幽。小杨诗人在说这些的时候，眼神是十分柔和的。小杨诗人说，下雨的时候，废园的水流得哗哗的。每逢天气晴朗的时候，云雀就来了。

……

天大亮，听到一阵哗哗啦啦的流水声，女人猛地睁开眼，看见老头正在地上淘米。女人无比惊愕地发现她正睡在老头的炕上，而且已经睡了整整一夜。

见女人正恶狠狠地盯着他，老头十分茫然。

女人起来，仔细地查看了一下她的衣服，纽扣，觉得好像也没发现有什么不对的地方，这以后，她砰的一声摔上门，飞也似的走了。

这时节，后排的那个园子里早已光秃秃、空荡荡的了，地面上的东西都已不见，只有大葱和韭菜的根部还埋在又深又厚的土里，它们要在那黑暗的地下过上整整一个冬天还要多。等到第二年春天，天气一暖和了，嫩绿的细芽就会率先钻出地面。就像那些还不会走的孩子一样，太阳一照，风一吹，转眼便长大了。

这时节，天显得又高又远，蓝得让人眼前发黑。不知什么时候，会有一根带血的羽毛从上面落下来。常有一只或几只鹰缓慢而无声地飞过，也很少停留，在河川的上空和那些静悄悄的房子上面盘旋一会儿后，又飞走了。站在河川里，往西北方向那海浪般的无限苍茫的群山望去，离这边最近的山梁是灰黄色的，并不是那种又远又冷的蓝色的或者铁青色的。经常能看到那个二三十里以外的村子里的羊群散落在那些灰黄色的梁峁上，静静地一动不动，好像被钉在了上面，看不出是在吃草还是在行走，很像是一些发白的石头，很像是那山梁上本身的一些东西，倒不像是人为地赶上去的。

隔一个月或者四五十天，顺着风向，能听到从不远处的山岭间传来的叮叮当当的铃铛声，那是一些驼队或驴队，一队骆驼或者驴，背上驮着有时候像小山一样的东西，慢悠悠地走着，呜呜咽咽的西北风不断地从骆驼或者驴的背上和胯下刮过。乱石滚滚，或者荒草漫漫，有时候，骆驼或驴，边走边低下头啃吃那些从乱石中拼命生长出来的荒草。人走在一边，用白羊皮袄和狗皮帽子将整个身体包裹起来，只露一张脸，甚至一双眼睛。而走在前面的骆驼或驴，怎么看都与后面的这个快要睡着了的人无关，它们更像是一些自由的野生的东西。不，其实不像是野生的，更不像自由的，反而更像是受过长期的教育和引导，已经具有了相当的组织性和纪律性，即使失散得只剩下自己一个，也要想办法按照既定的路线，走到指定的地点的一支无须令人操更多心的小组或队伍。

经常刮着又厚又重的风，颜色苍黄，从西北方向的那些群山中出来。为什么夏天的时候看不到它们？给人的感觉就是整整一个夏天，再加上一小部分春天和一小部分秋天，它们都在那些群山里安安静静地避暑，吃饭喝水，下棋休息。等到天气一凉，它们就开始出发，开始上路了，每年的后半年才是它们工作的时间。

这样的风，从每年的十月，有时是九月的后半个月刮起，一直要刮到第二年的三月、四月、五月。

有一次和女人说起这风，老头竟用家长般的口吻说道，每年工作半年，休息半年，前半年休息，后半年工作。

语调里竟有一种家长般的自得和炫耀，是那种拥有一个或几个有出息的子女的家长们的满足和炫耀。

真好。女人说。

女人的一个妹妹在一个织布厂工作，每年除了过年的时候能休息三五天，“三八”妇女节的时候休息半天，其余的时间便没有一天不在工作。上白天的班吧，离家太远，夜里不敢回家。上夜班吧，下班的时候天已大亮，回家倒是没问题，但是孩子又没人管。不过，不管上白班还是上夜班，这也并不由她来决定或者选择，一切都得按照规章来定，轮上什么就是什么。一个孩子发烧，那只是一个小家庭里的一件小事，与国家无关，与国际无关，与整个社会也无关。三四岁、四五岁的孩子可以和小猫玩、小狗玩，再小一些的，连小猫小狗也不愿意和他们玩，因为他们还什么也不懂。同年龄的小猫，同年龄的小狗，根本不愿意和同年龄的小孩子玩，完全看不起他们，不屑于和他们玩，因为玩也玩不出个什么名堂和意思来。有时候他们即使哭死也无关宏旨，天空依旧湛蓝，大地依旧苍黄，机器依旧哗啦哗啦地响着、转着。母亲在隆隆的机器声里常看见孩子浸泡在屎尿里，有时甚至快要被淹没，但是她不能多想，稍一分神，很有可能会失去一根手指，甚至一条胳膊。

人还不如风呢。这女人有时候想。风还能在家休息半年呢，人哪有那种好事。

等到天空中出现了一排又一排黑色的大雁，这已经是第二年的暮春时节了，风已经在它们的老家开始休息了，很长一个时期内不再出来了。河川里、山坡上，有了微微的绿意，河里也开始渐渐地有水了。先是黄澄澄的水，里面像熬粥一样翻滚着米粒般的泥沙。等到了五六月，河里的水才会完全变清、变亮。再往后，便成了蓝色，看上去又纯净又鲜艳。

院墙下的水道又被扒开了，老头从河里引了水进来，哗哗地流进了他所谓的园子里。这时，园子里有的菜已经长出来了，有的刚钻出地面，有的却已经很高了，先头部分已能够上架，沿着屋檐，往房顶上爬了。

太阳黄澄澄的，整天照耀着园子，有时晃来晃去，园子里的水把它浸泡得闪闪烁烁。有了太阳，有了水，这小小的园子里便有了一种静静的热闹和繁华。

女人洗完头发，把一盆水泼到黄土的院子里，地上立刻像冒起了烟似的，院子里泛起了无数的小泡，一时都不散去。过上很久，才一个一个地破掉，灯一样地熄灭了。

女人斜靠在门口，拿着一把褐黄色的梳子，梳理她的头发，头发还很黑，不过里面已经有白的夹杂着了。太阳很黄很亮的时候，梳不了一会儿，头发就全干了，完全就是被太阳晒干的，或者烤干的。

送信送报纸的那个家伙，又已经很久没有来过了。

女人慢慢地用梳子在头发上划拉着，一下，又一下，仿佛是在用这个办法等待着什么。眼神里好像有波浪，至少也是波纹一类的东西。一个人能听到自己的眼睛里有东西，女人忽然感到奇怪，也被吓了一跳。但是真真切切，确实就好像有一条小河一样在轻轻地流动，又在流动的过程中释放出一种亮闪闪的东西。

女人穿了一件有点紧身的很薄的毛衣，一下就有了身段，和平时有了区别，就好像平时没有身段一样，整个人也和平时看上去有些不一样。黄太阳照在她的身上，让她的脸上有了红光，手上尽管有几处裂口，却还是很白的。

女人这时想起她曾经在窗户上看到过的那个人影，老头那天帮她分析了好半天，也没有分析出个结果，到底也不知道是谁。她当时仅能想起的两个人，也都被老头先后给排除了。当时是晚上，天那么黑，她害怕。要是换成现在这样黄澄澄亮晃晃的晴朗天气，她是不会害怕的，她一定会揪住他，或者用一把铁锹把他截住，看看他到底是谁，是来干什么的。

有一段时候，她觉得他不太像是来偷东西的。那么，他是来干什么的呢？她左想右想，觉得他很有可能是来偷看人的。来看谁呢？住在后排的那个老头？她觉得不太像，老头有什么好看的，哪里没有一些那样的老头，还用得着专门费劲摸着黑跑到这里来看？既然不是来看老头的，那么问题就来了，他究竟是来看谁的呢？

答案只有一个：是来看她的。

要知道，她可是这片荒野上唯一的一个女人。

古往今来，世界上曾经发生过那么多偷看女厕所的事情，为什么从来也没有过偷看男厕所的事情？仅仅这一点，难道还不足以说明问题么？

女人觉得她并不怕人看，不管是偷看，还是明目张胆地看，甚至是色眯眯地看，她都不怕。今天早上一起来，她从一个箱子里取出那件很薄的有些紧身的毛衣穿上，其实就有点儿那个意思。她想，人就是她这么一个人，谁想看就来看吧。

所以，包括她后来洗头、梳头，都是在院子里的窗户下完成的。那时候，她一边弯着腰洗头，一边想，也许就在此刻，有一双眼睛正在从后面打量着她，紧盯着她……正是在这样的一种思绪的左右之下，她弯着腰洗头的时间比以往任何一次都长。她不想很快地洗完，更不想草草地结束，她希望能长久一点儿就尽量长久一点儿。现在，快与慢，长久与短暂，认真与潦草，似乎已不单单是她一个人的事了，因为很可能有另外的人也加入了进来。

不，不是有可能或很可能，而是一定有！只是他不敢明目张胆地站出来罢了。

既然他不敢出来，那么就让他继续藏在暗处吧。

洗头的时候，她是弯着腰背对着院子的。后来洗完头，开始梳头的时候，她背靠着门框，面对着院子，面对着院子，也就等于面对着外面了，面对着外面，也就等于面对着那个想偷看她的人了。如果说刚才偷看她的那个人看到的只是她的后面，现在，她等于连正面也给了他。

好好看吧，她一边慢慢地梳头一边想，只要你不怕眼睛发酸就行。

记得很小的时候，她曾听见一些女人骂偷看她们的男人，说，不怕把眼睛看瞎了？

她从窗户上的玻璃里看见了自己的身影，心里有一点得意和高兴，觉得自己很像是春天里的一株杨柳。

春风杨柳万千条，她觉得自己就是那万千条中的一条，碧绿、青翠、柔软、苗条，甚至还不乏朝气和蓬勃。

其实，她身上的那件很薄的有些紧身的毛衣，以及穿在她身上后的样子，她也是很想让人看看的，可是一直没有人看，也从来没有人看。这方圆一大片地方，满打满算，就两个人，除了她自己，就只剩下那个老头，如果把老头算作是观众，那也只有他这一个观众。一个观众也是观众呢，也不应该忽略呢，她想。她记得，去年她曾经就穿过一次，穿上后就立即去后排找那个老头要两棵葱。并不是她屋里没有葱，去后排要葱，只是一个借口和名义，真正的目的和想法只是想让那个老头——那唯一的一个观众看看她的毛衣，以及毛衣穿在她身上以后的样子。可是，让她感到灰心和气恼的是，老头瞎摸咕咚的，只顾埋头在他那片破地里摸摸索索地给她拔葱，自始至终，根本就没有注意到她身上穿的什么。她拿着老头给她的几棵葱，很快就从后排回来，路过东二排的时候，一抬手，就把那几棵葱扔到了一片房顶上。

去他妈的！她想。

死老头子，瞎子一样，什么也不认识，只认得他那几棵破葱。

她想到此刻就隐藏在某一个暗处的那双眼睛，她感觉它是正在燃烧着的，无论看到哪里，哪里就会烧起来，连枝带叶，熊熊燃烧。

有一瞬间，她感到自己也好像被那隐藏在暗处的火焰给烧着了，身上很像是一片被犁开了的土地一样，有一种很怪的东西在秘密地泛起，涌动着，有水或油一样的东西正在渗出。她瞥了一眼正在西天红得几乎要滴血的太阳，只怕天黑了，天一黑，便什么都又结束了，所有的一切又都会回到看不清的时候。

她看见西边的天烧起来了，石头烧起来了，灰黄色的山梁也烧起来了。

她看了一眼河川边的草，众多的草立即都渴死在她的视线里。

……

然而，天后来终究还是黑了，一直到黑，也没有一个人出现，似乎连一阵风也没有来过。早先是什么样子，现在还是什么样子，唯一有变化的只是天地之间的颜色，由早先的黄亮，过渡到后来的青灰，直至眼下的黑暗。

女人也并不叹息，只是重重地关了门，窗户最上面糊着的几层旧报纸响了一下，声音低沉厚重，像是一个沉重的老木柜子发出的声音。

关上门，女人好像才意识到什么，脱去身上的那件毛衣，换上一件平时穿的。

该做晚饭了。

火生着以后，她坐在一个凳子上，两手平放着，静静地看看窗户，又看看地上。她吃惊地发现，早上起来，好像忘了扫地。不过，地上也没有什么。

忽然听见敲门。

老头来了，抱着两棵白菜，两个衣服口袋里分别各装着一个红红的番茄。

女人冲老头笑笑，露出很白的牙。

女人说，前两天拿来的还没吃完呢。

老头找一条长木凳坐下，卷烟，划火，点烟。卷烟的那一小片报纸上印着几个黑体的大字，老头的手抖了一下。门开着，女人越过老头的身子去点灯，无意中被老头那干瘦无肉的肩膀顶了一下她的饱满的胸前。

老头佝偻着腰，吸烟，咳嗽。

灯点着了，昏黄的光，一圈一圈地在屋里慢慢散开。

女人递给老头一张报纸。刚给完就又说，用报纸卷烟好像不好，应该想办法买一点儿专门用来卷烟的那种纸，最起码也应该是一些白纸。

卷了一支，抽完了，又卷了一支。每一张报纸上都有整排整排的大字的标题，有黑字，也有红字。老头好像在那些大小字的缝隙中间看见有无数的人大张着嘴，呐喊不休。喊的是些什么呢，老头一句也没听清。

老头惶惶地抬眼看了一下女人，又急忙低下头去。

一支一支的烟都抽完了，老头站起身走了。

老头对女人说，过两天他要去一趟那个镇上，问女人有什么要捎的。

女人冲他笑笑，鲜艳的唇，白的牙齿。

灯影映在窗户上，像是一座山，又像一条大河，女人有些吃惊地望着，好像是头一次见到。又仔细端详了一会儿，才发现原来什么也不像，什么也不是。

送走老头，女人关了门，又把插销插紧。

夜深的时候，这里就静得更厉害了，河里的流水声又细又小，像是野地里的一种悄悄话，不专门听，不用心听，根本就听不见。

八月里的一天，老头早早地起来，到三十里以外的那个小镇上去。老头去镇上买醋、盐和火柴，也给女人捎一份。

老头也很是不让人省心，像个不懂事的孩子，临走还给女人找了一件麻烦事：他的锅里正在熬煮着半锅水，可不是普通的半锅清水，而是半锅煮过胡萝卜的水，就那么一直慢火熬，等水全部收干以后，就会得到一种像蜜一样甜的东西，叫饧，无论形状还是质感，都像极了蜜，只是颜色比蜜深一些，褐红色，有时甚至是黑色，用它来蘸东西吃，非常好吃。

女人的任务就是等着锅里的水收干，看见那蜜一样的糖稀成形以后，把锅从火上端下来就行了。

女人说老头，迟不熬，早不熬，非得在出门的时候熬。

老头歉疚地说，人没计划，就是这样。

女人给老头照着门，一边看着那个小锅里的东西，不经意间，竟睡着了一会儿，还是后来锅里发出的一种哧哧的响声把她给惊醒的。

慌忙一看，锅里的水已经没有了，只剩下一些褐红色的糖稀，饧已经熬好了。还好，没有糊了，不然，老头又该不高兴了。

把锅从火上端下来，又分别给锅和灶火各自盖上盖子，女人将老头的门从外面带好，回到前排她自己的屋里。

女人发现，窗户是开着的。她站在地上想了一会儿，竟完全想不起走的那时候窗户是开着的还是关着的。

但是站着站着，她忽然有一种感觉，似乎在她帮老头去照看糖稀的那一段时间里，有人趁她不在，进到她的这个屋里来了。

而且，最要命，最不应该的是，在那段时间，她竟然还睡着了一会儿。

心里这样想着，女人急忙打开那个紫黑色的大木柜子，吃惊地看到她保存了很久的那些从很远的地方寄来的信件都不见了！

女人呆呆地站在窗前。

窗前的桌子上，阳光红红地照了进来。

老头回来的时候，天已经快黑了，空荡荡的河川里，乌鸦哇哇地叫着，喜鹊也喳喳地叫着，那种头顶上有一小撮白毛的名叫银弟的鸟正在灰红的夕照里飞着。

老头从一个筐子里拿出买回来的东西，都是双份的，他一份，女人一份，一一地摆在女人的桌子上。女人从抽屉里取出钱递给老头，老头接了钱，又从口袋里摸出几个油腻腻的硬币和一张两角的找给女人。

老头说，或许是人多的缘故，镇上很热，比他们这里热多了。

老头说着话，看见女人一副烦躁不安的样子。

女人本来想告诉老头，他的饧已经熬好了，可是女人被丢信的事搅和得心里很乱，完全忘记了，很多事情一下都想不起来了，心里只记得那一件事。

女人不想把那件事搁在心里，于是便不管不顾地告诉了老头。

老头起初听了也是先吃了一惊，后来缓了缓，才对女人说，丢了就丢了吧，反正也都是些死信，也没有人过问，你还真指望有人来取？那些收信的人都没有音讯，下落不明，即使再放一百年也没用。这种信，当时没看到，现在即使谁再拿到了，也早就没用了。

老头说，谁收到那些信也没用了，黄花菜都凉了。

老头对女人说，每一封信里都肯定至少要说一件事情，你要是当初没看到，等事隔多少年以后才再看到，那事情就等于过了期，作废了。比如，一个女人给她的男人来信，说他的父母都病了，让他想办法回去一趟看看。可是当时这封信还没来，等到信来了，他也早就不在这里了。事隔这么多年，他要是还活着，再看到这封信，还有用么？他的父母也许早就在野地里变成土了，那这封信还有什么用？信上说他的父母只是病了，那就是说还活着，这事在当时是一个真消息，但是今天他若能再看到这封信，那所谓的真消息也早就不对了。

老头说，再比如，一个姑娘给她的心上人来信，说会等他，说好了两个人要在一起。可是他没收到信，这么多年连人也下落不明。她还在等他么？如果她还活着，或许头发也白了。

听老头说了这么多，女人渐渐地平静了下来。

老头说，镇上来了个道士，据说很灵，好多人都跑去求签。老头正好路过，也进去求了一签。老头求到的是第四十九签，是一个中上签。

老头说，中上签是什么意思？意思就是说，我在这个社会上，属于中上等的人？

女人说，没替我求一个？

老头说，咦，那不能替，非得本人亲自去才行，谁也不能代替。张三能替李四摇？不能。谁摇出来的就是谁的，我摇出来的只能是我的。

老头说，估计那道士三两天还不走，抽空你去一趟。

女人说，就为了那，专门去一趟？

老头说，今天在镇上，他还给小杨诗人寄了一封信，邮局的人说，到小杨他们那里，要半个多月以后才能收到。

女人看看窗户，说，天不早了，睡吧。

睡。

老头说着，站起身，拿着他的那些东西，走出了门。

发表于《收获》一九八九年第二期

红山羊

是一个炎热的夏天。

天旱了很长时间，有人的耳朵开始有些背，眼睛也不太好使了，还有人的身上出现了兽皮的气味，随便往哪里一站，哪里就会更加干旱，空气焦煳。还有的时候，人还没有过来，还在十几丈以外，那种气味便已经提前先行到达。

那时候她还不知道什么叫心力交瘁，只知道一些饥寒交迫的感觉，只听见妹妹站在一棵很粗很大的榆树后面不停地问她一些无关紧要的问题。妹妹站在树下的那种姿势让她感到越来越盼望一场雨，她不知道她为什么要那样站着。

妹妹问她，人为什么只长两条腿？三条不是更稳么？

真下流。她想。这种话也能问出来。

而事实上她当时是回答不上来，完全不知道这样的问题其实与下流无关。当然，也更不可能知道人长两条腿，其实就是为了让你不断地跌倒的。三条腿？那这世上就很少再有能跌倒的人。都稳如磐石，哪还会有跌倒爬起这一说。

当然，这样的一个答案，也并不是妹妹问这个问题的初衷。

这些，她同样不知道。

那天的碗里盛了些什么，她已经都不记得了。吃了一阵饭以后，大家都觉得有些热了，纷纷把衣服都解开，又把门窗也打开。就在那时，她看见从父亲的手里伸出一些黑乌乌的毛，很像是一些头发。她吃惊地看了一阵。屋檐下有一只乌黑的瓦罐，里面的水清楚地映着她家附近的一些东西和那些有关上山的路。她看见父亲两手捧着一个碗，像是一只正在啃骨头的狗。他的腮上还粘着一些米粒，大旱之年，他还这样，怪不得爷爷不喜欢他。她听见她的喉咙里传来一阵哗哗的声音。父亲说他以前见过那个给人们盘炕的人，好像是口外那边的。她费劲地望着父亲说，爹你真的老了，老得什么也看不清了，什么也记不住了。那天的雾散去以后，天地间便露出了野花，土屋、河流和附近连绵的山冈，远处的山上出现了某些戏里才有的颜色。山坡上的牛羊就像无数黑白分明的眼睛，凝视着这个有着彩色云霞的夏天。

瓦罐里的水轻轻地响了起来，似有木桨在其中搅动，她家附近的那些东西又多了起来，不过，也有的贴着墙根悄悄地走了。她看见父亲在让人厌烦的晴朗的天空下摇头，摇得很慢。篱笆门也在晃动。她说爹你真的是老了，老得什么都听不见了，什么都看不清了。其实就在那天，远处还有用空手敲击木桶的声音，空空的闷响传得很远。风吹过来时，父亲说他清楚地记得那些草和牛粪都端端正正地横在路上，满树的小孩拳头大小的杏子咚咚地落到房顶上，黄灿灿地铺展着。后来就有天没日头了，天空像一整块铁。

那时候，高高的山冈上经常有人会走下来。父亲说他一直都很想问问他们是什么时候上去的，可总是没有机会。经常有很大的风从山冈那边刮过来，父亲无可奈何地把手插进自己的头发里，等他的手再次从头发里抽出来时，父亲告诉她们说他昨天和他的两个朋友一起迷路了。他们趴在雪地里，眼前是一道漂亮的杏黄色的围墙，有一些女人的脚在里面走动，脚下有她们的脱落的头发，还有其他人的咳嗽声。后来，父亲和他的那两个朋友看见附近的一扇门开了，里面传来了说话声，还有笛子的声音甚至手风琴的声音。一只大汗淋漓的野兔蹿到他们的身后，像是要作揖，却又不像是要作揖。父亲说他抬起头，看见面前不远处伸出一支乌黑的枪口。接着就又看见他的那两个朋友头上戴着的帽子像两座小山一样高高地耸立着，帽子的下面是那两个朋友的早已凝固了的笑脸。

后来的那些年，她才知道妹妹原来一直都在偷偷地瞒着父亲和她说话。她起身看了看，看见那些门都紧紧地关着。妹妹告诉她，村子边的路都是白的，歪歪扭扭的七岔八拐，那些麦地的上空都飞着鸟雀，她这才知道父亲是真的不行了。

有时候妹妹和她说话时离她很远，这中间的距离父亲应该是能看见的，也能够轻而易举地完成穿越，可是父亲竟没有，一次也没有。那年秋天那个到处给人们盘炕的口外猴从他的身边走过时，父亲也没有看见，他的那些乱七八糟的工具还很是丁零当啷地乱响了一气，可是父亲当时竟一点儿也没有觉察。直到后来，当他忽然隐隐地想起一些什么，却又完全不知道是什么的时候，他也还是什么也没有觉察到。他说他只记得当时有雁排成简单的队列从他头顶上面的天空里飞过。

草又黄了。

站在半人高的草里，眼前连一个人也看不见，只有一片又一片的灌木丛。她看见她的乌黑的头发一缕缕垂下来，垂在胸前，似乎就是它们，让她变得一年和一年不一样。太阳从干枯的树后面升起来，眼前的路瘦极了，真的很像是一根又一根的肠子，苍白，缺少养分，歪歪扭扭。沟沿上的风把身上的衣服刮来刮去，营造出一些奇奇怪怪的声音。妹妹微黑的脸在太阳下渗出细小的汗珠，远看竟像是一颗颗麻子。壮实的身子散发出热烘烘的车轮般的劲头。远处的山又高又大，既灰蒙蒙又蓝幽幽，她们的一些亲戚就多年住在那里。

几个人秘密地在那条沟里合计了许久，等她们沿着那条瘦瘦的肠子般的小路一直下到沟底时，看见满沟里全是石头，还发出一阵阵干巴巴的声音。那几个人都早早地走了，走得远远的再也回不来了。比房屋还要高大的石头从半山腰下伸出有十几步远，下面封冻着厚厚的冰层，太阳被远远地挡在外面，永远也进不去。那时，她听见妹妹说，她听见爷爷和那几只画眉鸟的叫声了，好像就在附近。印象中爷爷一辈子都在路上走着，从山上走到沟底，再从沟底折回到山上，走平路对他来说就像过节。她们不明白，这么一趟一趟地折腾，到底是为了什么呢？冬天里，白毛风夹着破席片一样的雪花呜呜地猛刮，让他们不敢睁眼。

等画眉鸟的叫声从耳边消失以后，她们才发现已经从沟里上来了。她回头望望，感觉是有人把她们拉上来的。眼前的一条河正在慢慢地流着，清明瓦亮地流着，能清楚地看见人的眉毛在水里时的样子。大千世界的一小部分轮廓也映在其中。几棵老年人一样的老榆树聚集在河边，稀稀落落的样子，既像是在一起说话，却又像是互不理睬。有新埋的坟，孤零零的黄土堆成馒头的模样。一截一截的矮树桩黑乎乎地散落在草地上。

田地里的庄稼仍然病着。

画眉鸟忽然又叫起来了，她怀疑有人在引逗它们，甚至怀疑爷爷他们并没有走远，就在附近不远处，趴在沟沿上。

一回头，一个已逝女人的坟倏忽映入她们的眼帘。

土好像动过。

像是有人来上过坟。

人们说她常出来走动。

别听他们瞎说。

说她天一冷就出来了，一到十月，就出来要衣裳。

谁看见了？

我听说原来北风老把她的窗户舔破，她每天起来都要糊窗户。

那倒是真的。

坟头上的草日夜都在发疯似的长着，有的不辞劳苦地爬下来，与河滩上的那些连成一片。天气晴朗的时候，经常有雪白的山羊跑来，在坟前停留一阵后，很快又跑远了。有一个浑身精黑的小孩也经常来，在地上奔跑、打滚，十分的灵活，要说他是一只黑山羊，似乎也完全说得过去。

太阳照在水面上，许多五彩的细线在水里漂来漂去，一闪一闪的。要是再有雨，落下来，就会有仿佛一个又一个的铁圈子躺在水里。

那年爷爷走后，画眉鸟又在人们看不见的地方叫了很久。有人狼子野心，每天都在吭哧吭哧地制作各种工具，想逮住它们，不过始终也没有得逞。

干旱季节，白日里极少有风。

一进入六月以后，屋后的菜园子便密密匝匝的了，有人钻进去，外面根本看不出来。葫芦开了黄色的花，宽大的叶子一张挨一张，从地上一直挂到房顶。没有梯子辅助，但黄瓜已出现在前面的屋檐上。门前的柳树日夜交织在一起，披散着头发向四周伸开。柳树下是长着杂草的小路，小路慢慢地伸向血红的山冈和远处灰蓝色的山地。牵牛花爬满了石头墙。每到清晨，朝阳便带着或多或少的露水一起来了。

并不是纯粹一滴雨也没有，偶尔也有一点，但是人们的兴奋劲还没有来得及展开，还在谈论它的时候，它就已经停了，给人的印象和感觉就是人们的盼望和热情把它给吓跑了。它跑了以后，刚刚洗净的树叶便在黄昏里闪闪发亮。过一些时候再看，随着暮色的降临，每一片叶子又都已经完全漆黑了。

有风吹来的时候，树叶就哗啦哗啦地响，像一些纸扎的马匹在月光下得得哒哒地跑，而月光下的大地又仿佛是木制的。

睡着了么？

没有。

我也没有。

你当然没有，你要是睡着了，还能和我说话么。

原来头一挨枕头就睡着了，就像被施了法术。

现在更像是被施了法术，精力一点点也不能集中了。

成天胡思乱想？

想着盼一场雨吧，醒来一看又是红日头。真有雨下来，又觉得湿淋淋的麻烦，走到哪儿都是湿的。

咱们都一样呢。

恍惚中，雨却是正在淅淅沥沥地下着，除了雨声，四周再没有任何别的声音。关上门和窗户，屋檐下咚咚地响着。

黑暗中，翻过来又翻过去，像是那些在路上犹豫不定的人，不知到底该从哪个方向走才好。几件平日里常穿的衣服被仔细地叠起来，放在一边，经过长期的相伴和抚弄，感觉它们的上面已经被赋予了个体的纹路甚至脉搏。

墙，是用掺了麦秸的泥土筑起来的，外面再挂一层白土，白土在一些特殊的山崖土窑里，挖回来，用水稀释，然后就刷到泥墙上，使墙上变得雪白。不过，一两年不动，墙就会往深里走，还有一股深深的烟火气。遇到长时间的阴雨天，上面的泥块便会啪啪地往下掉，有时落到柜子上或者锅里，有时落到裸露着的胸前甚至恰好张开的嘴里。站在远处看，房子多少有点儿像一个弯着腰的老人，天天都那么弯着。房顶上也是泥土，残存的麦粒在泥土里发芽，风吹日晒，长出麦子，当然更多的是半腿高的荒草。风一吹，摇来摇去。作为一种景色，不能说不好看，不过，住在那里面的人家，却是千方百计地害怕和担心那种景色的形成。一旦形成，就得想办法锄地一样锄掉，或者进行修缮，不能任由其再继续蔓延、发展。只有那些孤身一人的或者没有任何能力的无所谓吉凶的才会让自己的房顶上长满荒草。那样的情形，更象征着一种年久和颓败，常有鸟雀在那中间展翅飞起，或者鸣叫着栖落，甚至生儿育女，哺育后代。

到了夜里，这些就都不再显眼了，黑蓝色的天空下，虫声和水声有时会很响地从暗处射出，长长的密密的浓黑的树木向着很远的天边静静地斜去。

后半夜的时候，爷爷果然又半路折了回来。年轻时就不怎么好好睡觉，在黛青色的山下数星星，看月亮，在黑魆魆的路上一趟一趟地往返。饥寒能够使人警醒，但是长期的警醒也会带来必然的疲惫。一个白脸的女人每天在家门口等他回来，一个黑瘦的猴子一样的孩子蹲在门前的树上，也在等他回来。看见他在远处的路上刚一露头，便刺溜刺溜地从树上下来。有一天，猴子一样的孩子还在树上，门口却再也没有了那一张眺望的白脸。太阳一闪一闪的，像极了有人控制着其间的变化。他久久地注视着那些从土里拱出来的细长的虫子，有人说他的一双手抖得很厉害，他还不承认，还梗着青筋乱跳的脖子和人家叫唤。不过，无论怎样再叫唤也没用了，猩红的血闪着刺眼的光芒慢慢地流进了路边的土里。那时候，“猴子”又刺溜刺溜地从树上下来，胳膊和腿，都细得像地里的麻秆儿。夕阳鸡血一般艳红，马车、牛车、独轮车，比赛一般往有水的地方走。“猴子”不哭、不睡，眼睛钉子一样随着路边的庄稼和车轮上硕大的密集的木钉一起转动着，又听见车轮子吱吱呀呀地辗在干巴巴的肋条似的路上。已经能看见平原深处升起的柱子一样的炊烟了，已经能听见青纱帐里传来的说话声了。父亲咧着嘴，在木轮车里摇来晃去，不时地传来阵阵响动，倒叫人担心这黑铁似的家伙很容易把杨木的车帮磕坏，磕出些裂纹倒是小事，怕就怕要是一不小心把车帮磕断，不仅他会咚的一声掉出来，最让人麻烦和难办的是车就彻底不能走了。

现在，睡在土炕上一端的就是曾经的那块黑铁，不过他早已稀软如泥，身上盖着白天穿的衣服，后半夜常常会被冻醒。

一醒来就问：

“还不吃饭?”

黑暗中，她隐隐地感到一种微痛，人世间的事情原来这样奇怪。她想起了那些无辜的驴，以及那些骑在它们身上的女人们，瘦削而坚硬的脊梁不断地地摩擦着她们，使她们流出鲜红的泪水。她们尖声叫喊，诉说着自己所承受的痛苦和委屈，又指责它们不够舒适，它们迷惑不解地看着她们，不知道她们在说什么。有鞭子抽在它们身上，它们所能做的也仅仅就是在鞭子落下来的那一刻闭一下眼。那时候她总是睡得很沉，有东西压在身上也浑然不知。她看见了一个六月里的午后，她正在向一片水边走去，她看见有人伸出宽大而壮实的手，轻轻地抚摸那些浮动在屋顶上的内外都柔软的白色云朵，迎面飘来鸟的肌肤的气息。又看见那年久而负重的房子正在慢慢地移动，像一艘船一样渐渐远去。一些巨大的石头纷纷留下它们的醒目而艰辛的名字。六月的骄阳下，她仿佛爬行在一片滚烫而起伏不定的沙丘上。

天空中飘满蜘蛛网一样的道路，有人提着灯笼在上面走来走去，不住地敲门。你在吗？里面有人没？门上一片死寂。一个人用狐狸一样的目光打量着她，而她正抬头看着天上的那扇门，完全没有意识到她本人的双唇正像两扇孤独而沉重的铁门一样紧紧地关闭着，偶尔张开一下，黑暗中便闪出一线雪一般的明亮，之后又迅速地消逝了。不过，事情确也常有意外，就在她漫不经心地将大门开启的那一瞬间，她看见有人已经扛着一些发黄的木头不容分说地进去了，她连阻止一下，叫喊一声都没有来得及。那以后，她迅速地关门，但为时已晚，只是把一声侥幸的感叹留在了外面。从此她只能坐在门外消极地等待，等待那人从里面叫门出来。黑暗是一个大轮廓，恶狠狠的气流在其中钻来钻去，似乎完全找不到出去的路，却又似乎并不想真心出去，尽情地游荡或者浏览似乎才是其此番前来的真正的目的。许久以来，那些眼睛都清清楚楚地睡着，迷迷糊糊地醒着。她想起了村外河滩上的那些够得上柔弱的小杨树，每当刮风的时候，它们便不由自主地扭动着娇嫩的身体，仔细听还有一种微弱的呻吟。她睁大惊骇的眼睛，嘴角微微倾斜，然后飞也似的逃离那片青色的河滩草地。

当人们的粗壮的手指在天空下变得高大无比的时候，她感受到了生平以来最大的惶恐和渺小，那些辽阔的浮云般的关照让她觉得生不如死。她看见一扇遥远的门在风里敞开着，鲜红的山丘上飘扬着她的头发，而近处的水声又轻轻地咬噬着她的所有空闲的时间。她告诉大家，在她家附近最近猛然多了一些陌生的却又期待已久的东西，可众人都说天气很热，纷纷躲在各个角落里瞄着她，把无边无际的炎热卸给她。

许久没见父亲的踪影了，只看见妹妹坐在门口专心地磨着一枚已经足够明亮的长长的铁钉，许多人大喘着气在墙上掏出一个又一个的窟窿。当那些人把一根根木桩塞进早已掏好的墙洞里时，她像那些被毛驴坚硬的脊梁摩擦得痛不欲生的女人们一样，又一次流出了红色的泪水。妹妹手里握着那枚长长的明亮的铁钉，下半身陷进了一片红色的沼泽里。姐姐救我！她对那头驴好言相劝，接着又把它的背抚得又平又软，妹妹高兴地骑了上去，两条健壮有力的大腿紧紧地夹着，挤压着。那时，漫山遍野的风早已耗光了她的所有力气，她先是坐着，后来又慢慢地躺倒。

那些人从山上下来后分别朝四面八方散去，有的走进了交错的墙壁里。有一个人坐在树桩上一封接一封地写着家书，报告平安。一个女人围着那根柱子转悠了很久，柱子上环绕着云彩，根部长着雪白的蘑菇，一些鲜红的汁液不断地从蘑菇里渗出，染红了她的双眼。

她听见公鸡在一些女人的身后一声接一声地笑着，暗红的鸡冠宛如跳动的舌头不安地上下翻飞，红色的灌木丛里飞落着瞎眼的鸟雀，鸟的脚踩在过分湿润的花瓣上。一块明亮的石头被人们无情地抛上天空后普天高照，女人们在那雪白的光辉中跳跃着舒展开四肢。那石头是几代人共同磨亮的，磨亮似乎仅仅就是为了日后的匍匐。蓝衣袖灿烂舒卷，虚虚实实地悬挂在她们的胸前。她看见她们雪白的牙齿紧紧地咬着鲜红的嘴唇，豆粒般的泪珠四散飞溅。林立的山丘消失了，眼前只剩下一片蔚蓝色的塬地，山羊惊叫着，她的声音敲击着山羊的脊梁，又穿透它逃跑的路，一条血路蛇一般蜿蜒过去。

她知道家门口附近的那些东西都被她们藏到那片蔚蓝色的塬地里去了，她们的目光如清水般闪烁、涌动。她的眼圈上有一道青乌乌的小路，一直通向两座云雾缭绕的山峰。那只瘦猪很响地冲着她哗哗地尿着，一边还放肆地看着她，眼神粗粝得厉害。她沉着脸用力跺了一下脚，那猪却并没有半点儿要离去的意思，反倒是咧了咧大嘴，像是在笑。后来，篱笆扎起的街门啪的一声关上了，没有谁进来，仅仅只是风来了。妹妹走远了，到河边去了，她们那些长头发的都在那里。她盯着那两扇松动的门，在院子里站了很久，她们的放荡的背影牢牢地堵在她的喉咙里。就在那时，忽然看见谁家的一床淫乱的被子腾空而起，有赤身裸体的人被裹挟在其中，看样子像是上了天。

篱笆门外的雪地上有两个明亮的脚印，像是爷爷的。爷爷牵着一条狗在河边的房顶上消遣，老头最喜欢做的事就是和女人们开玩笑，常常让她们笑得像是打破了无数口水缸，又如同水库放水。可是眼下，他似乎也没工夫说笑，只是无可奈何地望着那腾空而起的壮丽景象。爷爷深情地抚摸他一生中一根心爱的手杖，一条粗壮而结实的牛腿，牛腿深深地生长在红色的泥草地里，又竖在半空，无数的鸟前来朝拜，喊着万岁，乌拉！围着它飞来飞去。妹妹也在鸟群中飞翔，她的身体如一只雄鸟。棕黄色的牛毛一部分斑斑驳驳，另一部分光滑如水。牛腿上一缕缕的红色筋络像血丝游动的血管。

篱笆门把太阳分成窗户一样大小的一个个小格。那只永远也吃不饱的瘦猪又在围着她一遍又一遍地兜圈子，一边哼着它们老家一带的淫荡小调。她抬起脚向它踢去，正好踢在它的胯下，它尖叫着一下蹿出老远，将那一小格一小格的满满当当的阳光扑得粉碎，扑得稀烂，很快就没有了踪影。

她想着她们在河边满脸汗水的样子，走出了一片麦田，视线越过几棵年老的榆树落到了河边她们的身上，她们正在扮演劳动人民。她想，何须扮演，本来就是。事情多少有点儿本末倒置。爷爷的那条牵狗的绳子不住地在她的眼前晃来晃去，使她嗓子奇痒，咳嗽不止。女人们已经累了，有手和脚插入清冽的水中，有的如熟透了的红色的萝卜。

那时，她们的视线内充满了无数慌乱不堪的鸟雀，它们的羽毛不断地脱落，使得天地之间纷纷扬扬。

太阳经常在门外弯曲着身体走路，扮成一个沿街乞讨的老人，手中的铃铛把以前的那些树枝摇晃得落叶纷纷。女人们伸开或红润或粗糙的手掌，抚摸着从农具到梦想之间的种种距离。冬天里，太阳老了很多，雪白的鬓发如雪后的深山，一些红色的马匹常常被他叫醒。父亲半蹲着眯着眼睛靠在向阳的山墙下，伸出干燥的瘦手在刀片一样的猪的脊梁上滑来滑去，有一年竟滑到了爷爷他们的那堆火前。爷爷问他来干什么，又问他是怎么来的，他什么也说不出来。那时候爷爷一个人正指挥着一群赤身裸体的纸人练习耕地，试验水稻。周围全是殷红的血和雪白的一时却又看不清是什么的一些东西。见爷爷忙得不可开交，父亲转身又要走，爷爷把他叫住了。爷爷对他说，既然来了，就不要忙着走，总是那么火燎毛一样。来，坐下来，学习一篇社论再回去也不迟。

又说，那么着急干啥？回去和你那个丑老婆待在一起？真是没出息。这么多年过去了，难道还没待够？

就坐下来了，就身不由己地身在曹营心在汉地坐下来了，心里确实还在想着他那个遥远而破烂的家。

那只瘦猪又在闭着眼睛哼唱它们老家那一带的下流小调，偶尔睁开眼，瞪起血红的眼珠子疑疑惑惑地望一下门口阳光和阴影处的羊。家门口伸出一只手，湿淋淋地往下掉着亮晶晶的水珠。有人重重地咳嗽了一声，那瘦猪赶紧闭了浮肿的肉泡眼，开始正常的悄悄的哼哼。父亲的手许久以来就停住不动了，他在那瘦瘦的脊梁上摸到了一个坚硬突出的东西，那是他年轻的时候走过并看见过的一个红色的山包，以及那年夏天犁地时发现的一个黑色陶罐和一个在戏台子下面斜倚着一根杨木柱子的白脸的女人。

包括妹妹在内，还有另外的几个女人，身上披满了白色的丰厚的羽毛，她们常常看着自己的渐渐变粗的腿笑个不停。父亲咧了咧嘴，稀疏的胡子歪向一边。他扯过一顶旧草帽，破旧的身体在门口摇晃了一下，遮住了乱纷纷的头发一样的阳光，窸窸窣窣地出去了。谁也不知道他出去干什么，去了哪里。早上天一亮，就有人把钟敲得催命一样。瘦猪撑起刀架般的身子，望着父亲离去前横在地上的黑干草一样的影子沉沉地低吼了一声，用意不明，但却让人觉得阴险而恶毒。她告诉爷爷说她做梦也没有想到人世间竟会有那么多古怪的事情和古怪的感觉。她说包括妹妹在内，还有好几个女人，都在暗中用力，一张脸涨得像是她们当年蒙头的红布，死死地咬住一些东西不松口。她还告诉爷爷说她们的地盘面积越来越开阔越来越平坦了，经常有人便把牛羊赶到那上面去放。天黑了，太阳轰隆隆地从山顶上滚到了沟里，落在那些人的面前。几个原本一开口说话就脸红的女人眼神迷离散乱，脸色潮红，话语间还喷出热烘烘的火一般的气息。爷爷陌生地看着她们，不明白人怎么会变成这样，手里的一把糖眼看着就越来越咸。这以后，爷爷一直像是疯了许多年，当她不小心在那些乱坟中经过时，看见爷爷一个人坐在一片光秃秃的山坡上，爷爷眼前的那些红色的马和树木都消失了，只剩下无边无际的寂静和一种每隔好大一阵才有的空洞的闷响。那时候，附近高高的山地上日夜不休地响彻着铜锣的声音。傍晚的村庄，每一家的门窗都变得血红，漆黑的墙角里常有人背着身孤苦伶仃地站着，蝙蝠在房顶上和屋檐下飞来飞去。后来她看见爷爷以前的那些同伴不断地在荒草里出没，他们的黑褐色和紫红色的身体器官不时地暴露出来，散发着一阵阵灼人的热气，一种泥草地里的野生花枝的气味和漂亮女人的梦想之气。那些装满东西的肥硕的口袋都低垂着，破烂处露出雪白的情意，真假倒在其次。山谷两边赤红色的石头让人举步不前，有人一不小心握住一团火，想丢开时已经来不及了。

黄昏的火从山那边烧过来，平滑地前进着，天空中飘满了焦煳的气味。爷爷，他们弄死了一条狗，让你去吃狗肉。我的狗。爷爷想试着重新站起来，却没想到多年的手杖受到贿赂，已不再听他调动。

爷爷，你看见树上的那些灿烂的往事了么？山下平原上的阳光把它们烤得耀眼夺目，成群结队的瞎眼的人快速地穿过亩产总在二三百斤的莜麦地，沐浴着耀眼阳光的过往在他们的耳边哧哧作响，烧焦了他们的头发和帽子，其实一同被烧焦的还包括他们的整个前半生和全部的后半生——如果有后半生的话。

坐在正午的阳光里，父亲羡慕又嫉恨地看着那些吊在母亲乳房上的孩子们，爷爷看着他那个不成器的东西，可惜的是已不再能把他怎么样。鲜红的阳光从那些篱笆的空洞中来到他们的院子里，掺着一粒粒沙子的夜就像他们过去的面孔。

红色的阳光中很多东西都走散了。

直到后来她才发现她把所有的一切都记错了，她记得父亲是在一个彩霞满天的早上不见了的，从那以后就再没有回来过。当那床大红的被子太客气时，她曾清清楚楚地看见父亲正在数他的那些稀疏的胡子，父亲赤着双足，因为不够洁净，无法步入新的历史阶段，被拒之门外，他不得不一而再再而三地费劲地清理着他青色的眼屎。他用狐疑而又谄媚的目光看着一个崭新的时期，又用残渣余孽为自己命名。

他说谁不知道我是有名的狗屎，可是狗屎也想上进呢，也想佩戴一朵红花呢。

她来到这个世界上以后，爷爷其实早已经像溜冰一样走远了，只能听见他们走后留下的一些咔嚓咔嚓的响声，那是冰层碎裂的声音。

她踩着面粉一样的黄土，踩着溅落在山崖上的被猛烈的太阳烤得像花瓣般艳红像纵欲女人般憔悴的歌声，她嗅到了一种粉红色的叫人坠落的芳香。她被一路拖着，身心满足却又干旱无比，不断地感到有翅膀一样的东西从腋下生出，却又看不出一丝一毫的异样。田野上的气流和大地上的枝丫不断地进入她的梦里，她看见胸前遭到开发，身后又被关照。一些人在太阳下被烤得油汁四溅，一种暗红色的秘密通道使少数的女人醉生梦死，从黄昏呻吟到朝霞满天。不需要有车轮载着她们去往哪里，她们本身就是车轮，可以去往想去的任何一个地方。她们听到了黄凤仙开花的声音，先是慢慢地打开，之后又奔涌如云，平原上的青纱帐被涂染得鲜红欲滴。

鸟的翅膀不断地在透明的夕照中展开，白纸黑字，姹紫嫣红，确凿无疑地暴露出她们做梦的真实内容。一个遥远的女人远远地仰卧着，在她一起一落的叹息声中，有那么一个人正在暗红的温土地带缓慢地爬行着。

多年以后的一个鸟雀聒噪的傍晚，父亲才告诉她们说爷爷那时就已经看不见了，常把一些高粱叶子玉米叶子当作女人们的衣衫和头发，夜里的梦也越做越奇怪，以至于把所有虚的实的混杂着堆放在一起，有人从外面走过时，他第一个坐起来，穿好衣服，等着人来叫他。梦里的东西越积攒越多，每每面对那多余出来的山一般的财富，他呆呆地一坐就是很久，不明白发生了什么。

直到后来有一天，他说山里终于来人了。

她不是没有见过那些遍布在山上的血管一样的路途，每一条都通向一扇敞开着的门。红色的路径大规模地笼罩在那座山上，如同大雨过后的天空。一些雪白的如同空酒杯一样的花朵不断地被举起，还没有来得及开始庆祝，接着便又纷纷坠落，清脆的响声从清晨持续到日落。

一个人，顶着满头雪白的头发，在山下转悠了很多年。天气晴朗的时候，撒开四蹄，飞越一片片的胡麻地和油菜地。满天红色的霞光中，又一瘸一拐地从地平线的尽头回来。

到这时她才真正发现是她自己把什么都记错了。当爷他们渡海一样离开那片枯树林立的红色的沼泽地以后，父亲正坐在那条粗壮的牛腿下面吃饭。是她把那些轻巧地覆盖在水面上的黑色的翅膀误认为是伸向她们的一只只黑手，她魂飞魄散却又得理不饶人地诅咒生活，哀叹社会，趁周围没人的时候又张开嘴努力地吸吮她亲手过滤过的甘露。而父亲的饭碗里时而热气腾腾，时而又一片死寂，游动着众多的红色血块，像是鱼虾和青蛙的模样，有的爬上他的手臂，游遍他的全身，还有的钻进他的雪白的头发里以后就永远地不见了。

父亲的眼睛那时已完全花了，看很多东西都是双份的，一块钱能看成两块，一碗饭能看成两碗。夜里睡觉的时候，会把别人身上的被子扯过来，因为他分明看见对方的身上还有一条。院子上空飞着十来只鸟，不过在他看来却是一群，甚至一大群。一个女人站在他的面前，但是他看见旁边还有一个，不能说两个女人完全一模一样，但是非常相似，所以他不好意思对她说什么，只能低着头，想等那一个离开以后再说。

后来，天黑了，他希望离开的那一个不仅没有离开，另一旁反倒是好像又多了一个。那一刻，他彻底绝望了。他看见一片一片的房顶，天地间好像都是咸的。爷爷的帽子，拐棍，马，骡子，从小时候他住过多年的地方不断地飞起来，乌麻乱道地飘在天上。他听见那些马的叫声了，又看见爷爷在向他招手。他坐在门口没有动，担心上去以后没有什么好果子吃，很可能会又是一顿拳脚给打下来。

妹妹那时候还小，她只看见爷爷他们走了以后留下的一个个暖烘烘的蹄印。下了一场雨，阴了两三天，等到太阳再出来的时候，那些暖烘烘的蹄印里长出了颤颤巍巍的喇叭花。他们是谁？告诉我他们是谁？她记得爷爷临走时挥动着一根鞭子，以前的那些骨头和玉米的红缨子纷纷从他的牙齿间滑落出来。

爷爷，我当然知道他们是谁，也能告诉你他们到底干了什么，可是当我回到那个小院子里以后，那些篱笆已被他们先下手打造成去往平原深处的车了，我回去的时候，他们早已走远。我追赶了几里，但路上并没有他们的踪影。

那时，她确实只是注意到他们的模糊的身影正缓慢地越过那片红色沼泽地的上空。

爷爷那时正遥望着那条红色的被子腾空而起时的情景，被子上的许多花被他碰落到地上。都这年纪了，却还是改不了从前那毛手毛脚的习惯。他一边自责着，一边又抬起头，看见被子里那些赤身裸体的人们互相紧紧地抱着，互相一遍又一遍地亲吻着对方和各自身上的那一抹鲜红的阳光，也有可能是霞光。

发表于《收获》一九八九年第二期

雨季之瓮

晋北山区入秋以后的第一场雨水降临之时，正值一个黄叶飘零的傍晚时分。那天晚上，一部分人被截留在地里，没有雨衣，更没有雨伞，仅个别人有一顶破烂的草帽，与割倒后的庄稼一起承受着雨水的冲刷。漆黑的天上不时地闪现出一根刺眼的白线，之后便会听见有巨大的碌碡正在从远处看不见的地方向山区滚来。

整个山区都在下雨，哗哗的雨水声盖过了一切的声音。

也许那不是雨，只是一些时间的黄色斑点在浮现、流失。

我的叙述夹杂着部分的回忆，因此，这将是一篇带有控制和拖延色彩的却又有着往返性质的作品，其出入的程度建立在大量使用的名词和形容词之上。就像赶车的人下坡时紧紧地控制着缰绳，后面更有人也紧紧地拉着磨杆，目的只有一个，就是不让车失控地滑向坡底。一辆马车由前后两个人共同负责，前面的叫赶车的，后面的那个人叫跟车的，听上去多么奢侈！可山区里的马车多少年来一直就是这样的，尤其是当马车上满载着高高的草垛或者沉重的粮食的时候，更能看出两个人同心协力的必要。

在某种时候，书中的夜晚将成倍地增加。

在这篇文风迟缓的作品里，出于某种地理环境上的局限，又本着不粉饰不使用假嗓歌唱的原则，我将不得不放弃大量的绚丽色彩，只运用几种单调的原色去进行一种纯粹意义上的描写。这种亮度、这种色彩和风格令我着迷不已。

与此同时，我仍部分地保留了那些业已逝去了的各种声音和味道，以及种种的形状、尺寸和日常的物品。而对于工具的记录和描绘，也将有助于进入某种视线。

在那种荒凉而寒冷的山区背景里，动物和家畜都保留着太阳的那种颜色。一些建筑和废弃的风物，运用自身残缺的形式删节着时光。

书中的夜晚如期而至。

我的笔驱赶着一批虎背熊腰的汉字，在山区亮度微弱而无限往返的时间里游移徘徊，缓缓而行。

一

那辆路上和乡间最常见的毫无意义的马车，是在二月底进入山区里的。其时，山区的时光依然如故地停留在两个月前的隆冬里，早晚间的风仍然刺骨，棉袄甚至皮袄在一些人的身上还是脱不下来，只是在白天的时候多少会显露出一些和煦的春意，墙角处有微微的绿意从被火烧过的地方拱出地皮。确切一点来说，是一种隐隐约约的春意的味道或者气象，还并不是一种真正的开门见山的春天的景象。在光线最热最强烈的正午时分，也能穿单衣，可是天一黑，隆冬好像就又来了，晾晒在外面的衣服不拿回去，就又会被冻硬。

那辆不知从哪里驶来的马车之所以显得毫无意义，是由于它即将就要从我的叙述里消失，不再提起它。两匹黑颜色的三河马拉着一辆八成新的车，车身全部用褐黄色的山榆木制成，这即是当地最常见的那种“二饼子”车，两个巨大的木头车轮上钉满了铜钱大小的一行一行的铁钉。不过，标准的“二饼子”应该是牛车，而很少见过有马拉的。把牛换成马，显然是为了追求一种速度，为了走得更快一点。

那天，山区里的一部分人都看见那辆奇怪的马车了，辚辚的车声在进入山区以后，就开始渐渐地慢了下来，吱吱呀呀的车轮从萧瑟的田野和山冈上缓缓地辗过。田野里连一只喜鹊也没有，只有一些等待在地里抛洒的肥料像坟墓一样，一个个都堆成了碗的形状，稀稀拉拉地散落在远近的视线里。去年冬天的一些残雪还在一些树下和垄沟里积攒着。

整个山区好像都在刮风，到处都闪现着北风凄厉而狰狞的面孔。

马车在一间废弃的谷仓前停下后，那个姓马的人就下了车。在此之前，他一直都坐在车上，详细地留心着山区里的每一间房屋和每一道坡，他的眼神里充满了重重的疑虑和不安。眼前的这个山区，显然在很多方面超出了他事先的预计和想象。

姓马的人从车上取下一个行李卷，还有一副挑子，一头是几只鸡，一头是一个熟睡的孩子。面对萧瑟寒冷的天气，挑子里的那个孩子睡得那样安详、宁静，那情景让那个赶马车的人也不禁动了某种恻隐之心。赶马车的对姓马的男人说，看看娃娃冻着没有？这天气真是不得了呢。姓马的人俯身朝挑子里望了一下，便说，她睡得很香，看样子不冷。

赶车的对姓马的说，那我就走了，去拉点儿炭，然后就回去了。

姓马的说，一路上要小心。

一条鞭子在风中绕了一下，马车便向山区的一些煤窑深处驶去了。路远，出来一趟不容易，断然不能空车回去。不久之后，这辆马车便满载着山区的炭，以及他们那里同样缺少的酱油和布料，越过重重山岭和荒野，回到故乡。

傍晚的时候，姓马的走上了一个土坡，坡的四周都是高低错落的山区房屋，很多的房顶上面都长着草，有残存的积雪和风。沿着一溜青石的阶梯缓缓而上，石径的尽头是一座石头垒成的院子，两扇斑驳而苍老的院门虚掩着。姓马的人用一个肩膀顶开门跨进院子里后，看见院子里全是草，最高的一些已经到了房檐上。

丛生的荒草具有那种密不透风的形式和意味。山区二月里的草，与嫩绿无关，颜色和形状都酷似废旧的铜丝或电线。院中除此之外，还有部分一人高的草，两人高的草，那些两人高的，一律都弯着腰，弓着背，是依靠了正面的窗户和房檐才站起来的。那些窗户都用石头砌起来了，看上去像是又一种样子的墙，只是在最上面露出一些木格的窗棂。

院墙是石头的，但是里面都抹了黄泥。仿佛当年抹在墙上的是一种稀泥，有些粗糙的手指和手掌留下的印迹这时还隐约可见。早年间的稀泥如今都变成酥松的土了，一刮风，就沙啦沙啦地往地上掉。

一只又黑又破的草帽扔在一个墙角里，草帽的一半被一捧黑乎乎的旧雪压着。

被石头砌得严严实实的窗户下面，靠近正门的地方，有一个黑色的罐子，罐子歪着，壶嘴朝上，里面灌满风的时候，罐子就会发出阵阵呜呜的声响。

院子里的一些石头上，落满了众多的形状各异的鸟的粪便，白色的、黑色的、灰白色的和褐黄色的，已经成为石头本身的一部分，像是石头上长出的苔藓或者一种难看的花瓣。

那个石碾的四周也长满了草，一种叫狗儿蔓的草最善于牵连和攀爬，早已从碾台下成片成片地爬到了碾台上，厚厚地密密匝匝地长了一层又一层，而且随着时光的流逝还在继续变厚。不难设想，再过上一两年，顶多两三年的光景，辗台上的那个圆滚滚的石头碾子也将会被疯狂攀爬的草完全淹没。

一只看不出颜色的鞋和一只同样看不出颜色的手套压在石碾的下面。姓马的默默地看了一会儿，咬了咬牙，嘴里发出一阵咝咝的声音，那情景似乎让他觉得压住的并不是一只鞋和一只手套，而是一个人的一只脚和一只手。

墙头上、过道上，到处都青苔密布，踏着那些黑色和黑绿色的苔藓，感觉就如同赤脚踩着一个人身上的密密匝匝的汗毛。

一些粗糙的木棒都横七竖八地躺在草丛里，姿势各异，犹如梦游。有的木棒，其中的一端被一只手长期握过，被握过的地方因此就不再像是木头的感觉，而是成为一种类似人体肌肤的印象。

好像有风从外面进来，背后的那两扇斑驳的院门吱吱呀呀地从外面被推开。

姓马的人吃惊地回过头去看，却看见什么也没有，既没有人进来，也好像不是风。灰白的院门，门后只有一个早已锈死的门闩和一个不知哪一年贴在门后的红纸的斗方，当年红色的纸早已变白，且已稀烂。姓马的盯着门后看了一阵，尽管那上面什么字也看不出来了，但是他仍然可以肯定，当年，那一定是一个鲜红的“福”字。

姓马的人回过头，望着正面屋门上吊着的一把生锈的铁锁，声音沙哑地说道，爹、娘，我回来了。

二

很多年以前的山区里，酿造业以及其他的手工业正日益兴起，蔚然成风。

那时候行走在百业兴旺的山区里，视线内都是大大小小的各类手工作坊。酿酒的，酿醋的，炼油的，磨粉的，做酱的，染布的，翻砂的，烧砖的，拍瓦的，制作器皿的，它们曾经遍布于山区的每一个角落。

夜晚，河边星星点点，有些昏暗的作坊里还在辛勤劳作，深夜熄灯最迟的是它们，四更天最早亮起灯光的还是它们。

我在了解山区这一时期的主要内容时，意外地发现了两页关于这些手工作坊的记述，令人颇感吃惊的倒不是它们能与主流内容一起被记录下来，而是有关那一历史时期的这一部分内容竟然是由七个人共同撰写而成，两页纸，七个人，这不能不令人感到惊异！并且，这七个人的叙述语调都惊人的一致，如出一人之手。在他们清晰而不乏温馨的叙述里，我不止一次地看到过“星罗棋布”这个词，在不到几千字的叙述中，这个词出现了不下十次。我惊叹于撰写者的才智，他们把这个十分平常而相当普遍的词安插在其中，使得被描述的对象变得栩栩如生，清晰可触。那些满脸乌黑的翻砂的工人，那些榨油的伙计，那些酿醋的山区的女人，都历历在目、血肉丰满地呈现出来，这样的描述使得每一个阅读者都身临其境，流连忘返。

时光在山区的幽暗的磨道里缓慢而艰难地移动着，这种移动的结果既看不到开头，又望不到结尾。

圆形的日子，如锅似碗。

而最终，时间删节了那一切的内容。

昔日的景象荡然无存。

仿佛一切都消失了，连人带物，甚至包括时光，全都消失得干干净净，又仿佛那一切从来都不曾存在过，只是有些人口头上的一些说辞，或者昨夜的一个梦。

只有一个酿醋的手工作坊还依旧坐落在山区的一条河边，那是三间草房，房前的绿杨树下终年陈列着二十几口大缸，山区人家用来调节和点缀寡淡日子的醋就从那二十几口大缸里酿造出来。醋发酵的日子里，河边的空气总是酸溜溜的。

在那条河的上游，还有一个叫陈万金的人在翻砂，每天黑乎乎的，默不作声地铸造着千篇一律的火炉的模型。

我行走在昔日山区的陶瓷器皿之中，在我的视线之内，那些巨大的面缸、水瓮，所有的坛坛罐罐，乃至一个最不起眼的面盆，甚至一个肮脏的夜壶，都无一不在保留着昔日时光所赋予它们的种种颜色和形状。它们在陈旧的阳光下排列有序，仿佛一些训练有素而又因多种原因不得不化整为零的士兵，默默地进入到千家万户。以后，随着时光的流逝，又渐渐地像是养子忘记了自己的来历，努力地融合，不声不响地搅拌，让自己成为那个家庭的一部分。风声鹤唳的季节里，它们整齐的鸣唱日夜在山区里呜咽、回荡，像是一支伤心的歌。

四月开头的几天，河边的那三间草房前聚集了许多只山区的狗，它们在房前的空地上发呆、发愣，有时又在那二十几口大缸之间来回穿行，大缸里散发出的浓郁的酸气又常使得它们不由自主地打着一连串不明缘由的喷嚏。

“狗还会打喷嚏。”

一些小孩子们这样嘲笑着它们。

河边一带飘满了浓浓的陈醋的气息。一个人，在这样的空气里长期住着，要想伤风感冒一次，都不是一件容易的事，会相当的困难。

两天前，醋坊里做醋的一个女人死了。黎明时分，一个早起的准备去地里种葫芦的人，在河边的绿杨树下发现了她的尸体，她被一些颜色纷乱的树篱和杂草掩盖着。

山区里几乎每一个人都对那个死去的女人记忆犹新，她的脸和她的说话的声音以及腔调和表情，一段时间里一直在人们的梦里重复出现，尤其是在那些认识和熟悉她的人们那里更加明显，给人的感觉似乎是她久久不愿离去，不想从人们的记忆中消失。这种情况下，有人就说，有冤情哩，不然不会这样。又有人说，好好地调查去吧，一定能调查出东西来。

还有人断言，绝对不是自然死亡。

这一点恐怕没有异议，因为死亡的地点就已经很能说明问题，谁不想让自己死在自己的家里，而偏要死在河边的绿杨树下？还要拿杂草把自己盖住？

但是说归说，议论归议论，没有人去调查，人们不过是看见了就随便说说，当作一种茶余饭后的闲话。还有的人也许不排除借他人的风雨来浇自己心中长期郁结的某种块垒。事情不涉及自己，谁也不会去多管闲事，没有人会无缘无故地把自己陷入一个麻烦的甚至还有可能是异常凶险的完全不知深浅的漩涡中间去。

女人的灵柩在河边停了三天，也可能是五天，总之是个单数，然后就由她的亲戚们把后事料理完了。

那是一个年龄大约在四十岁到六十岁之间的女人，真正的年龄到底有多大，好像没有人清楚。有人说自从她出嫁以后，就开始了她的酿造生涯，与醋为伴。但是还有人说，并不是出嫁以后才学会做醋的，早在少女时代，做姑娘的那时候起，就已经会做醋了。其实，不管是婚前还是婚后，人们认识她的时候，或者说她出现在人们的生活中的时候，她就已经是一个手艺娴熟精湛的酿醋的女人了。除了一条腿有点儿瘸，她整个人的身体还是很健壮的。因为腿上的那点儿毛病，所以在外人看来，行走时多有不便。也许那只是别人的一种看法，因为在她本人来说，也许早就忘记并习惯了。人们平日所看到的情形是，一般情况下，她几乎总是在那间热气弥漫的草房里酿造，很少有闲的时候。只有在等待醋在缸里发酵的那些日子里，那就要算是她的假期了。人们看见她带了针线，一个人坐在河边的绿杨树下，做一会儿针线，抬头瞟一眼门前空地上的那二十几口大缸。

有时候，也会偶尔抬起头，望着河对面的山区人家，在那些高低错落的房顶上，总是不间断地有黄色和白色的炊烟缓缓地升起，然后在更高的地方逐渐飘散，化为乌有。

三

夜里，我住在一位远房长辈的家里，他的房子就坐落在山区打谷场的附近。

回忆昔日的山区时光，他也曾是一名烧制土瓷的手工匠人，所烧制的土瓷制品虽然谈不上美观漂亮，但却结实耐用，作为人们日常生活的用具，已经足够了。山区里几乎每一个家里至今还都有他亲手烧制出来的土瓷制品，他把自己大半生的时间和精力都融进了那些粗糙甚至难看却丝毫不影响人们使用的日常器皿之中，他的一部分梦想和经验沿着他的手指一点一滴地注入那些橘红或瓦蓝的泥土之中。另一部分则已在瓷窑外化作滚滚的浓烟或者缕缕青烟，姿态袅袅地消失在已逝的岁月里。他平静地望着它们在灼热的窑里变色，慢慢地凝固、成熟、坚硬。精美他是恐怕永远也达不到了，好在人们也不在乎，一个和面的盆子，表面上有一些明显的颗粒甚至疙瘩，那又有什么呢，又不漏水，又不影响和面，那不就行了么，还要怎么样呢。

有一年中的一件事发生以后，他便走出了那种日夜青烟缭绕的烧制时代，他已洗手多年，发誓从那件事情以后再不染指。“再动一下就不是人。”他这样约束和规定自己。后来的那些日子里，那些粗瓷制品，以及相关的制作工具和技艺果然就逐渐从他的记忆里消失殆尽，终于远离了他的视线。

他说最重要的是，心也不再被它们占据。

好像只有一部分残余的青烟，有时仍会从他的寂静无声的原野上慢慢地升起。他不知道那是怎么回事，不是说一切都早已经结束了么，怎么还会有不明不白的烟冒起?

这也是他最想不明白的一件事。

很多年，他独自一人生活，伴随着一盏昏灯住在寒冷的山区。春天种瓜，夏天看瓜，无数个白天和夜晚都在山区的瓜田里度过。到秋天瓜熟蒂落以后，就没他的什么事了。遇有暴尸街头、野外，或客死异乡者，他便会受雇前去守夜，拎一壶酒，就地搭一个席棚，距离死者不超过十步远，主要是提防那些饥饿成性的野狗。

屋里的灯光昏暗如豆。

外面就是山区的打谷场，坐在窗前，隐隐地可以望见打谷场上的一个接一个的圆形的草垛。也有方形的，堆成烽火台的模样。

外面还有蝙蝠，那些蝙蝠的翅膀总是擦着窗户而过，行动有如一个不声不响的拿着抹布正在外面擦玻璃的女人。

坐在昏暗的油灯下，我看见他的一张脸苍老得令人吃惊，也令人疑虑重重。我忽然发现，那种真正地建立在纯粹意义上的老，简直用任何的言语都无法形容，难以描绘。那种老，令人麻木不仁而又心生恻隐，我只能说，它有时候会令人草木皆兵。

我向他询问有关醋坊里的那个女人的一些事情，这是在那个女人下葬之前的一个晚上。我告诉他说，那个女人至今还躺在醋坊里的一条土炕上，既没有换衣服，更没有装殓入棺。她的一部分针线活儿还依旧扔在河边的绿杨树下，也没有人去捡。有几个小孩子曾经想去捡那团线，被大人们喝住后就再不敢去了。大人们告诉孩子说，那些东西不吉利，上面有鬼，谁捡上就会把谁缠住。

这些他当然都知道，没有人比他更知道，因为他每天夜里都要去为她守夜，直到她下葬以后，就不再去了。他听完我的话之后，半天没有动静，眼睛闭着，呼吸声平稳均匀。我看他那副样子，就以为他已经睡着了。人在晚年时常有这种现象伴随，虽然晚年时的人大多觉少，甚至夜夜难眠，但打盹却是晚年的重要细节之一。

就在我俯身眺望山区的夜晚的时候，他忽然在我的背后叹了一口气，他的这一举动对人惊吓不小，原来他并没有睡着。那么，这么半天，他在想什么呢？大约是在往昔与现实之间反复徘徊、观望，混乱的山区结构和杂草般的过往岁月令他郁闷难遣，又或者心驰神往？

“都声明自己不是鬼，谁又是鬼呢？”他忽然说道。

我看见他的手里摆弄着一串黄铜的钥匙，他的神态酷似一匹彻夜难眠的老马。黄铜的钥匙在昏暗的灯光下看上去和灯光一样，凡是有纹路的地方都聚满了一些年深日久的污垢。

“那是一个可怜的女人，我能记住的就是她一辈子也没有舒心过一天。”

他声音暗哑地说着，手里的那串黄铜的钥匙不知什么时候已经掉到了炕上。他的那种炉火纯青的老态使我无法看清他脸上的真正的表情，因而也更难以判断出他此时此刻的心情。苍老遮盖了一切，很多时候，你真的很难看出一个老年人是悲是喜。

“这么一来，也算是解脱了。”他像是在自言自语。

从他的零碎而混乱的言语间，我仿佛看到了一种昔日的山区风光。

“她得罪过一些人么？”我问他。

“那谁能知道，往深里说，谁也不可能知道。”他说，“每个人都有一些深深浅浅的事情，外人看见的估计都是那些最浅的。真正深处的，没人能看见。”

我点点头，对他的话表示极大的认同。完全正确，比如我，比如他，比如醋坊里死去的那个女人，再比如所有的人，每一个人呈现给别人的不都是那些最浅的最容易看到的部分么，真正最深的那些东西，互相都看不见，谁也不会知道。

“有些人是不会有好下场的，不过我是谁也降服不了啦，只能盼着苍天有眼。”

“苍天有眼么?”

“有。你看苍天的那双眼睛，瞪得有多大！有时候你以为那眼睛是闭着的，好像睡着了，其实一直都是醒着的，什么都能看见。”

我知道他此刻的思绪已如同一片混乱的废墟般的残砖断瓦，他似乎早已陷入了过去的某种回忆之中，往昔的时光令他难以平静，又深感不安。我仿佛看见他站在昔日的天空下，时而怅然若失、六神无主，时而又忙碌得不可开交。

半夜里的时候，我在一阵窸窸窣窣的声音中微微睁开眼睛，黑暗中望见他把一块羊皮褥子搭到了我的身上。山区的夜漫长而寒冷，他深知人睡着以后的孤独和缺少温暖。在此之前，为了不影响我睡觉，他好像把灯移到了外屋，一个人坐在灯下喝酒。后来，他就披了一件旧羊皮袄，吹灭了灯，关上门出去了。

我知道他又要去河边的那座醋坊里守夜，直到次日天明，曙光呈现之后才能回来。

醋坊里酸甜的气息轻轻地弥漫在河边，犹如民间的风水。

那二十几口大缸，曾经穿越了无数的时间和地理之后，来到了这条长着绿杨树的河边，来到了那三间草房前的空地上，从此以后，再没有动过。

二十几口大缸岿然不动。有一天夜里，有人看见那个女人正在一瘸一拐地在其间穿行，头上围着头巾，手里拿着一个葫芦瓢。

或许，我也曾看见过她返身回去时的背影。

四

清晨，踏着满地湿漉漉的露水，她跟随父亲去一片三角形的洼地里刨土豆。

父亲的肩上扛着一把形状粗糙的褐黄色的铁锹，在前面走着。她的一条胳膊上挎着一个割草用的筐子，跟在后面。

山区的景色在他们的四周徒劳无益地摊开着，有的地方又卷曲着。还有的地方越看越像是一堆凌乱的被褥，睡在其中的人已不知去向。

她走在父亲的后面，她吃惊地望见父亲的头颅在早晨的空气里变得巨大无比，两只又红又肿的耳朵呈现出一种半透明的颜色。父亲的脚步声如鼓，在她的视线内低远地敲着，造成了一种不可言状的距离。

四周的庄稼有的疏松，有的稠密。

山坡上下散布着一些稀稀落落的绿杨树和部分米黄色的灌木。

远处的山，无论什么时候看，永远都是蓝色的，或者灰蓝色的。其实却并不是，她知道，那些山上还有许多红色的和白色的石头，因为她曾经打那些山前走过，很知道真正到了跟前又是什么样子的，要是从来都没走过，她也就不敢这么说了。

那些树，那些庄稼地，就一次次上演着山区地方色彩浓郁的农业故事。

这会儿，阳光照亮了山区所有的庄稼和一切的风物，明晃晃的光线里有一种黄土般的颜色，像是某些动物的皮毛，没头没尾地晾晒在广阔的天地间。山区里高低错落的房屋都无动于衷地卧在那种黄澄澄的光线里，好半天都没有一点点声音。

她坐在地头边的一丛粉红色的打碗碗花前，从口袋里掏出一片很小的红玻璃，然后放到眼前，朝四周看。顿时，山区里的一切便都成了红色的。她望见一些鲜红水亮的牛羊被固定在东边的山上，红色的云彩越过红色的房顶，在更红色的天空里盲目地飘荡着，像是一群割草的或者捡煤核的山区的孩子。

红色的树、红色的房屋、红色的庄稼和河流，就连远处那些蓝莹莹的山这会儿也成了红的。

忽然，她听见从地头的那边传来了父亲的咳嗽声，她立即便将那块红玻璃重新装入了口袋里。她明白父亲方才咳嗽的意思是让她干活儿，不要贪玩。那时候她就是这样一个莺声燕语的小姑娘，那时候她做梦也没有想到父亲的那一声咳嗽原来另有所指，并不是冲着她的，那时候她就那样怀着一点小小的委屈开始干活儿。

她用一柄挖野菜用的小铲子慢慢地挖开了第一株土豆，土里出现了一颗颗苍白的带有褐色斑点的土豆，这情景令她的眼前立即浮现出一些女人的脸。山区里好像有很多这样的女人，有的从年轻的时候起，脸上就有了雀斑，还有的是生了孩子以后慢慢才有的。一开始她以为只是山区里的女人才这样，后来有一次发现从外面很远的地方来的脸上也有，慢慢地就不奇怪了。她觉得眼前的这些麻麻的土豆一定是被水泡了，所以才会变成这样。那些土豆有鸡蛋大小，不像往年的，往年的都有拳头那么大。用手指一掐，感觉就像是握了一把水分充足的豆芽。她把土豆一个一个地拽下来，把根须和枝叶扔到一边，又把那些带着泥的土豆尽量用手擦干净，然后把它们捡到旁边的筐子里。

那时候，她似乎闻到了一种什么气味，她用鼻子吸了一会儿，才发现那无形的气味好像来自山坡，正从山坡的下面丝丝缕缕地漫上来。

她揉了揉鼻子，又慢慢地闻着，嗅着。什么味道？生豆浆的气味？青草的气味？生豆浆能够一股一股地流，青草的气味也能够那样流么？

山下的那条河流清澈明亮，河水流动时，便会出现许多柔软的褶皱，形成一种飘逸的青色，那是山区形影不离的青布腰带。

不久，她望见了构成河边醋坊的那三间草房，她还看见了房前空地上的那二十几口大缸。有一次她去那里打醋，卖醋的那个女人就从其中的一个大缸里给她盛醋，那些大缸里原来都是醋。想到那些，她的嘴里很快就充满了很酸的醋的汁液。以后的那些岁月里，每当望见那二十几口大缸时，她的意识里便溢满了酸酸的醋的汁液。一个人在小的时候落下了某种毛病，一生都难以改变，这种毛病将伴随她直到终身。往这事，在后来的那些岁月里，她的牙一直吸吸溜溜地疼了好多年，似乎从未间断过。

除了那三间草房和二十几口大缸，她还望见一些毛色鲜艳的鸡在河边的绿杨树下走来走去，认真地刨食。

她想，那树丛里可能有米、虫子，或者是谷子，甚至小麦。

后来，她所以忽然间想起了父亲，是由于她发现已经有好半天没有看到过父亲的身影了，也没有听到过父亲的声音，哪怕是一声咳嗽。她惊骇地意识到她一个人玩了太久了，离开父亲也已经很久了，仿佛多少年未曾见过。这样一想之后，她就不禁有些无边无际的怕，就有些禁不住想哭。

她进行的第一个过程便是首先从地头边站了起来。这是她的初步的想法，她要找到至少是能够望见父亲的身影，如果到时候还是什么也望不到，她就准备站在地头边哭一场，大声地哭，哭出来的声音要像玻璃打碎了以后的那种情景，又亮又晃眼，说不定还能把人的手脚扎破。她估计要是父亲在什么地方听到了她那碎玻璃一般的哭声，父亲就会从那地方突然钻出来，出现在她的面前，然后她就不再哭了。

然而，她没有料到，这不过只是她设想中的一些步骤，后来的事情与她当初想象得并不一样，后来发生的一系列事情并没有能为她提供一次放声大哭的机会，甚至连小声抽泣乃至一般的不高兴也难以做到，这样一来，父亲也就无法感受到她的那种碎玻璃般的哭声了。这一切全是因为，当她从地头边站起来以后，她一眼便望见了地头那边的父亲的身影。

人还在呢，有什么理由再哭？

不过，与以往任何一次情景都不同的是，这一次出现在她视线里的内容有些残缺不全，甚至还带有一种十分零碎的大卸八块般的感觉。

她没有望见父亲手中的那把褐黄色的式样粗糙的铁锹。最初，她记得那把铁锹一直都紧紧地握在父亲的手里，并在枝繁叶茂的土豆地里上下挥舞，深入浅出。可是这会儿，她看不见那把铁锹了。工具的猝然消失，使她产生了一种类似迷路的感觉，她感到有些事情变了味，另外还有很多内容也都变得艰难而蒙眬，好像不是她能看懂的了。

她只望见父亲的上半个身体朝前弓着，蛇一样地扭曲着，像是在费力地搬动一件什么沉重的东西。她看不到父亲的下半身，当然也就更看不到搬着的到底是一个什么东西，茂密的土豆枝叶、地头那边的丛生的蒿草湮没了父亲的下半身，也完完全全地挡住了她的视线，使她无法判断出那其间的有关内容和真实的情景。

后来，就在她神情沮丧，有些失望的时候，忽然望见有一团黑色的线条密集地在空中飘起，像是一个女人的长长的头发，又如同一幅线条疏密的黑色的铅笔画。不过，那情景并没有停留多久，几乎是片刻之后，那团黑色的线条便又消失不见了。

现在，父亲的全部身影都呈现在她的视线里了，她望见父亲正站在地头那边抽烟。这时，她看见父亲的下半身了，父亲的裤子好像湿了一些地方，她想那可能是地里的露水弄湿的，任何人的裤子和鞋都经常会被露水打湿，那没有什么稀奇的。

不过，父亲脸上的神情却显得难看而又古怪，像是吃得太饱而难以活动时的那种样子。

不远处山上的石灰窑前一片雪白，几个烧制石灰的人在烟雾腾腾的窑前钻来钻去，有回去的，还有正在出来的，其情景如同在演戏，一个下去，另一个再上来。她坐在地头边潮湿的土上，向四处张望，努力闻着各种庄稼在早晨里的清新气息。

终于，父亲拎着铁锹从地头那边过来了。他行走在地垄中间时，踩倒了一些土豆的枝叶，显出一副心不在焉的样子。有几次，甚至差一点被土豆的枝蔓绊倒。

她惊讶地望着。

父亲好像这才开始干活儿，他挖了几窝土豆以后，就让她往筐子里捡。

“快点儿捡，捡完了咱们就能回去吃饭了。”父亲说。

父亲说完以后就在地垄上坐下了，却没有像往常一样继续刨土豆，这让她觉得有些奇怪和反常。除此以外，她还发现父亲显得很累，像是要散架。但是，刚坐下后不久，父亲很快便又拄着铁锹站起来了，父亲在向四处打量、张望。

那时，她才发现父亲拄着铁锹的一只手上残留着一片暗红色的东西。

好像是鸡血，又有点儿像是被红玻璃映照过的样子。

她想了一下，便低头去捡土豆了。

五

那些日子里，我住在山区，几乎每天都能遇到一些旧日的容颜，他们的生活状态和格局使我倍感亲切，有关他们生存的那种地方色彩十分强烈的习俗和环境令我终生难忘。

岁月缓缓地从一些白发上辗过，痕迹所剩无几。

十多年前的一个春天，山区里出现了一个以烧砖为生的老头，他在距离河边醋坊不远处的一间土房里住下后，为整个山区烧制了不少的砖瓦。时隔多年之后，人们仍能清晰地回忆起那个戴着兔皮帽子的老头，他会唱许多种地方戏曲，一到晚上，他的那间小土房里便挤满了山区里那些喜欢听戏的人。还有的即使不是很喜欢听戏，却也要挤在里面，为的是图个热闹。老头姓张，除了会唱，二胡、笛子、唢呐，甚至还有箫，什么都能吹得很好听。老头带着他的一个儿子，儿子还小，只知道玩，还不大能帮他干活儿。

那些遥远的岁月里，山区里的人们常常能看见他在烧砖之余，独自坐在河边的绿杨树下，一边遥望着浓烟弥漫的砖窑，一边拉着二胡，或者唱着北路的道情或二人台。要知道，姓张的老头本不是山区里的人，他是在来了没多久以后，很快就学会了当地的那些地方小调。人们不得不佩服他，天生就开那个窍，一听就会，一学就会，有很多人几辈子也学不会呢。

姓张的老头在山区里住了大概四五个月，不过也有人说是八九个月，之后便卷起铺盖悄无声息地走了。他没有留下任何的话，也没有向砖场里的其他人交代过有关烧砖的事宜，更没有与任何一个人道别。他走得多少带有一种失踪的下落不明的色彩，说偷跑也许不好听，不过要说是不辞而别，那就再恰当不过了，实实在在地来说，就是那样的一种行为。这件事在一段时间内给山区留下了一个谜一样的东西，人们无论说起来还是想起来，心里都有一种疑疑惑惑的感觉或印象。

那天夜里，山区里刮着很大的风，那仿佛已经是一个夏夜了，刮那样的风还真是少见。姓张的老头在他的那间小土房里洗了头、脸，又给他的那个儿子补好一条裤子。整个前半夜，他好像先后出去过三次，又回来过三次。有人见过他，他在那天夜里显得精疲力竭，也有些慌张。他留给人印象很深的除了会烧砖，会唱戏，还有就是他嘴里的两颗金牙，因而，他的身上就或多或少地带着某种旧时代的烙印或者说遗迹。

那天拂晓之前，他背起他的简单而粗糙的行李，领着他的儿子，走出土房，穿过河边的那些绿杨树，就谜一般地消失在山区东南方向的那片河川里了。

某一年的一个午后，我在中原地区的一个小镇上意外地遇到了他，其时，他正蹲在一家杂货店的外面慢慢地抽着烟。在他的旁边，陈列着各种型号的盆子和碗，一些坛坛罐罐，另外还有一卷一卷的苇席、草帘和竹帘，都靠在墙上。

他算得上是那种心思缜密的人，所以刚一见面，他就立即认出了我。若换做另一个人，还不知会怎么掩饰和周折呢，装着忘记了，想不起来了，甚至完全不承认曾经认识，都是有可能的，但是他却没有，而且一上来很熟。岁月的印痕在他的身上显得并不很重要，他的神态和形象几乎还一如既往，还像是在山区里的时候那样。有变化的只是他头上的兔皮帽换成一顶黑色的了，但毕竟还是一顶兔皮帽。我记得当年在山区烧砖唱戏的那时候，他戴着的是一顶灰色的兔帽子。

我问起他的近况，他告诉我说，他已经早就不再烧砖了，那种事做起来太麻烦，而且不借助他人的力量和支持，几乎就不可能做成。现在他卖一些杂货，反倒更省心一些。我知道烧砖时冒出的烟里有一种粉红色的东西，我问他是不是怕让自己中毒。

他听了，笑着说，那倒无所谓，烟又呛不死人，人们每天在家里生火做饭，不也都在和烟打交道么，要是有那么厉害，谁还能活下去。

“照那么说，做饭岂不是成了一个标准的自杀行为？所有的人每天一睁眼就开始自杀？”

我笑了，他也笑了。

问起他那个儿子，他说已经成人了，曾经学过几年武术，武术不知学得怎么样，却把个子给锈住了，再也没往高里长。现在给一个同学的爹当保镖。

“不是个正经营生，迟早还得想别的办法。”他说。

问起他当年为什么要突然离开山区，他很是犹豫了一会儿。我为自己的鲁莽和自私感到羞愧，就想转移话题。不料，他忽然说：

“不能在了，也不想在了。”

我没有更进一步地追问，他能说出这些，已经实属不易。

我又提到那个姓马的人，他摇了摇头。

“咱一个外地人，还带着孩子，就是混口饭吃，不想掺和任何事，更不想得罪任何人，可有些事就是不由自己，就好像老天成心让你掺和，成心让你卷到一个麻烦里去。半夜里尿急，出去方便一下，一个人，一件事情，就摆在了你的面前，就让你看见了。可是你并没打算要看见什么，也不想看见，而事实就是你看见了，就是让你碰上了，你说这能怨谁？怨自己？还真是觉得有些冤枉，出去方便一下，妨碍了谁？可事实就是你已经妨碍到了别人，想来想去，还是觉得怨自己。不是么，要是不出去，那不就什么事也没有了么？”

“你看见了谁？”

“我每天夜里很晚才睡，不放心砖窑，总要看着火正常了才敢去睡。那几个年轻人都靠不住。”

他靠着一口大缸坐下，又把他坐过的一个草垫子给我，让我也坐下。

我看出他很多事情都不想说，便也觉得不便再继续追问。

忽然想起了醋坊里的那个女人。

我说："听说你那时常去那个醋坊里。"

他好像早就在慢慢地等待着我的这个问题，早就知道我想问什么。所以，我问完之后，他就笑了。他说：

"我虽然是外地人，但是从小就喜欢吃醋。那种东西，我几乎每顿饭都离不了它。我不喝酒，但平时经常总是要喝一些醋。在山区里的那些时候，差不多隔一两天就要去一次，每次都有买一瓶醋。"

"姓马的在醋坊里见过你？"

"就是平时没事时，我也喜欢去那里坐坐，闻闻那种让人精神的味道，那种空气真让人神清气爽。那时我连头痛脑热的毛病都没有，多亏了那些醋。"

他小心翼翼却又不着边际地说着，又说好多人都在那个醋坊里见过他。

他背靠在那口大缸上，两只手在身前不停地抚来抚去，似乎在摸索一个什么东西，而那个东西又仿佛牵动着他的灵魂。

从头到尾，他竟然一句也没有提到过醋坊里的那个女人。

这让我觉得从这样的一个人嘴里，再也不可能问出什么来了。

那天傍晚，天上下起了小雨，我打着一把伞，离开了那个至今都想不起名字的又老又旧的风雨飘摇的小镇。

六

露水遍地。

到处都湿淋淋的，这让她无比吃惊，不知道发生了什么。

另外，天好像也漏了，她看见门前的空地上全是水。

她叫了一声，但是没有一个人回答。

不久前好像还有那么多人，可是这会儿，整个世界都静悄悄的，只剩下一些哗啦哗啦的声音和滴滴答答的声音。

她又等了一会儿，还是听见没有人。就在那时，忽然看见身边水汪汪的，正在疑惑间，又有一股一股的暗黄色的东西慢慢地泛了上来，是什么东西？她盯着看了一会儿，就想到了醋上面去了，她怀疑一定有一口大缸被谁打破了，致使里面的醋漏得到处都是。这么一想，又猛然想起好像已经有很久没有看到那些大缸了，有半年么？好像还不止。往日间，她在它们中间一个人穿行的时候，鸡在绿杨树下埋头觅食，空气中弥漫着河水的腥气和从那二十几口大缸里蹿出来的酸甜的气息，旁边还不时地涌来阵阵黄芥地里的呛人的气息。无论什么时候，只要一闻到黄芥的气息，她总是会想到一种浓浓的药味。

手指头那么大的牛蜂在不远处的大豆地里嗡嗡地飞着。

烧砖的老张又来了，一来了就摘下头上的帽子，坐在门口，和她说一些家长里短。又说烧砖和做醋其实是一回事，从大的方面来说绝对是一回事，都是要讲究个分寸，也就是人们常说的火候。分寸不够，就会做不成，可要是太过了呢，同样做不成。这就像一堆人，老的老，小的小，那就很难做成一个事。要什么呢？就要那个正好好，恰如其分的正好好，那就对了。可是，怎样才能既够又不过呢？这就难了，这时候那个叫作技艺的问题就突然一下子跳出来了，当然同时必须还得有经验，因为要是没有经验在一旁督战，你就永远不可能知道你是已经过了还是远远不够。她说，我不懂得那些，我就是在瞎做。老张说，谁说是在瞎做？当然不是在瞎做，瞎做能做得那么好？咱们去街上叫一个人来，让他来瞎做一下看看？

“一个事情，到了正好的那一步，那就是成了。”

她听得身上渐渐地有些发热，两条腿扭动得也比先前慢了一些。老张全神贯注地注视着她的那两条腿，又问她想听个什么呢，二人台，道情，还是莲花落？

好半天没看见他的那个儿子，有一阵见他在大豆地里奔跑，手里挥舞着一根柳树枝。

后来一转眼又看见他站在黄芥地里，个头也有黄芥那么高了。

她感觉，她觉得，有一张脸，没有脖子，也没有身体，就只是一张脸，一直在附近一带悄没声地游荡着、出没着。

七

八月里的一天，山区里的牛羊慢慢地走出我的视线，向一些荒草丛生的深谷之中缓缓滑去。放羊的人不断地从地上捡起石头，狠狠地朝一些也许他认为该砸的羊身上砸去。不过，让人看不懂的是，走在最前面的被砸，走在最后面的也被砸。

牛羊的消失，像是走了一股水，它们不见了以后，山区里反倒更显平静。

黄昏时分，我在一座门窗上刷着绿油漆的房子前遇到了一个三四十岁的男人，当时，他正在独自垒院墙。我望见他的那个长方形的院子里堆放着一些极为普通的日常的用具，一些农具由于长期不用，有的已经生锈了，颜色变得褐红而黯淡。尤其是一把靠在墙上的铁锹，更是锈迹斑斑，上面已满是窟窿和一道一道的破绽，要是用它来铲土，或者挖坑，土没有铲起来，它自己肯定先就折断了。

院墙已垒起有半人高。

“我见到你师傅了。”我对他说。

“我师傅?”他的手里拿着一块椭圆形的石头，站在墙边，似乎好半天才反应过来。

“他这会儿在哪儿?”他问道。

我告诉他说，他师傅不烧砖已经有几年了，如今以卖缸、卖竹帘和草席为业，坛坛罐罐的一大堆，人的模样也一如从前，变化不大。

“听你师傅说，那年他离开山区，其实并不想离开，只是因为不得不离开，不能再留了。”

他看了我一眼，没有说什么，更没有接我的话，却把头转到了一边。

作为当年砖窑里的一个年轻人，作为他师傅身边最主要的一个徒弟，他肯定应该知道一些什么，但是他显然不想说，他用不间断地干活儿来抵挡着那一切。有时候把一块石头拿在手里反复端详，像是在打量一个陌生之物。

后来他忽然叹了一口气。

他说老江湖其实也常常有失手的打脸的时候，谁都不是万能的。

我告诉他说，我很赞同他的这种看法，人毕竟是一个活物，任何人，有任何的出入，都是正常的。山区里有一个常常被人们频繁使用的词，叫闪深踏浅，说的就是那个意思。

听见我这样说，他笑了。他终于笑了，这是我见到他以后第一次看见他露出笑容。

他从一堆石头里找出一块干净平整的青石让我坐下，这个史无前例的变化和举动似乎又让我看到了一线头希望。

而他则一边和我说话，一边继续往墙上抹泥、垒石头。

夕阳坠落到了山梁的背面，山区里一转眼暗了下来。

暮色如铅。

我仿佛行走在一幅笔墨浓重而又意境萧瑟的铅笔画里，山区里的时光之水日夜喂养着那些默不作声的牛羊和人。

八

公安局也扯淡哩，他们也经常有他们没办法的时候呢，挠挠头，走了。真要是每一件事情都能弄清楚，还能有破不了的案子？

一路上，我回想着他的话。他说河边醋坊里那个女人的案子一直都没破了，任何人一看就能明白是被人害死的，绝不会是女人自己死的，可就是理不出个头绪。

我说，你是不是知道是谁害死了她？

他一听就急了，院墙也顾不上垒了，直挺挺地站在墙边，冲着我说，你这个人，你要是这么说就有点儿不厚道了，你凭啥说我知道？我哪能知道？

我说我就是随便问问，绝没有那个意思。

他说，可不敢瞎说，公安局要是信了你这话，一定会来找我的麻烦的，人命关天的事情，我可支应不了他们。

我的一句不慎之言一瞬间又改变了眼前的格局，本来已经好转了的局面和气氛又被我本人猝不及防地葬送掉了。我看到了话语的另一种功能和力量，是任何别的东西都无法取代和做到的，在某些时候，权力和金钱也会匍匐在它的脚下。

自从我那么说了之后，他几乎不再管我了，开始埋头垒砌，手托上的掺了麦秸的泥被他甩得啪啪的，有的气呼呼地沾到墙上，很快又掉下来。我让他不要生气，因为生气会直接影响到将来院墙的质量和结实程度，甚至寿命的长短。

关于他师傅，关于河边醋坊里的那个已逝的女人，我觉得一时半晌很难再从他的嘴里问出什么来了，即使他愿意说些什么，也不会是今天这个黄昏时分，因为他正在气头上。于是，我又提起了那个姓马的人。

他很警惕而又很烦躁地问我："你到底是做啥的?"

他以为我是来调查什么的，或许与警察或者记者什么的沾点儿什么边。

于是，我请他尽管放宽心，因为我和那些人完全无关，他们所做的工作或者事情我也丝毫不感兴趣，我只是一个喜欢到处收集故事的人。

或许是我的这番话又起到了某种意想不到的作用，只见他狠狠地把一托子泥堆到墙上，然后迅速地用另一只手里的泥摊开、抹平。他在做那些的时候，嘴上叼着我给他的烟，眯缝着两只眼睛对我说，根据他的观察和判断，他觉得那个姓马的人和河边醋坊里的那个女人关系不一般，不是有可能有事，而是肯定有事。

"那么，你师傅呢?"我不失时机地抓紧问道。

果然，一说到他的师傅，他很快就又瘪了下来，停顿了好半天。

"他们也有些不清不楚呢。"他说。

又说，既然说师傅是个老江湖，老江湖的身上又有哪些特性呢，别的先不说，老流氓的一些习性应该是少不了的。他和那个女人，住得又那么近，有事没事就在一起，别说是那么两个大活人，一男一女，就算是两块石头，时间一长了，也会相互磨出火花来。更何况老头本身走南闯北，不仅能说会道，还会唱，一段小曲小戏唱下来，再不开窍的女人也会被融化了。而人世间，真正不开窍的女人凤毛麟角。

终于证实了我此前的判断。

我说，磨出火花来就对了，磨不出来倒是一件怪事。

听我这样说，他拿着泥托，有些吃惊地看着我。

我又告诉他，女人，没有不浪漫的，这与文化程度无关，与贫富也无关，与出生也无关，与长相与年龄更无关。

我看见他惊讶得连鼻涕都流出来了，他本人竟毫无察觉。

我觉得他一定是又想起了什么。

姓马的那个人死去的时候，山区里的杏花开得正白。

一九八九年十二月

空旷之年

一

十年前一个纸灰飘扬的季节，我坐在乡间供销社粗糙的麻袋上。麻袋里面装满了坚硬如火星的玉米。去年冬天，我看见它们都堆积在公路的两旁。

十年前的山区，是一个六畜兴旺的季节，山上有马，河边有猪，许多灰色的屋顶在我的视线以内不断地重复出现，一遍一遍地重复。

回忆那个季节，附近常有杀猪的声音飘起，河边蹲着洗刷猪肠子的人。云彩很缓慢地从北部飘移过来，在天空里形成了一种很稀疏的现象。

土墙低缓而宁静，起伏不定。十年前的墙外面庄稼林立，枝叶舒展，它构成了一个有关农业的故事的全部背景和乡土风光。

眺望那些模糊的影子，形状各异的农具正在渐渐消逝。

二

遥望十年前的乡间，结构松散的房舍如同一幅虚构的画面。

三

大约在中午的时候，我看见一个黑头发的人出现在一片灰色的屋顶上面。由于遥远的距离，我只是感到那个人是一个皮肤松弛的女人，那时候没有办法判断她的真实年龄。她的黑色的头发凌乱地披散着，她在那个背景单调的中午哭喊着爬上了那片灰色的屋顶。

告诉你这是一件费琢磨的事情，直到很多年以后我也不明白她那时为什么会首先想到那屋顶，而且最后会爬到那片灰色的屋顶上面去。

我站在一些树下。我看见那片灰色的屋顶如同一本落满灰尘的书，在书中的某一章，耸立着烟囱，寂寞的民间道路上，长满了稀疏的荒草。

我的朋友小顺子告诉我说，他妈之所以要这样做，当时所以首先就想到了那片灰色的屋顶，完全是因为那屋顶本身的样子——那种既平坦又空寂的形式，并不是出于对屋顶的某种向往和怀念，除了安全以外，房顶有什么好的，每个人的头顶上面都有一片房顶。小顺子对我说这话的时候，他的手里拿着一把小型的镰刀，在不久的将来，我们要去西边的山坡上割麻黄。

需要补记一阵令人心烦的尖叫声。在那片灰色的屋顶下面，生长了一些墨绿色的榆树，不住地有一只狗在那下面反复地叫。小顺子他们家的院子被两道土墙围着。

小顺子说，那房顶上安全。

我问小顺子，这是你妈说的?

小顺子那时很快地白了我一眼，不满意地说道，我妈她没说，是我自己觉得，我觉得世上的地方就数房顶上最安全，不然我妈她怎么会到那上面去。

那上面又没有别的东西。他说。

我知道小顺子他说得很对，我没有办法反驳他。除了阳光和灰尘以外，那上面还能有什么呢，那上面什么也没有。

我想，站在那片灰色的屋顶上，能看见方圆几十里以外的东西，远处的村庄，山冈上的路，远处村庄上空的云彩和其他的一些东西。

那天中午，一阵阵叮叮当当的铃铛声从西北方向米黄色的山梁上飘落下来，一些骡子，一些褐色的和黑炭似的骡子走在那上面，骡子的背上驮着几张花布的被子，它们走下了一片开着紫色碎花的庄稼地，从圆形的打谷场的附近经过。

这就是那天的一部分背景，它包含着一种无法传达的乡村情绪。在那些安静的村庄里，有许多年，农业的环境都一直被排除在有关的故事之外，绿色的枝叶被砍落到树下。

在距此一个月以前的一天里，天气阴沉灰暗，那时候，我和小顺子都坐在一间土房里读书，我感到天空里堆满了无数灰色的砖头，如同倒坍后的房屋。

面对废墟般的天空，我们想不出一种死里逃生的办法。用过多的笔墨去描绘单调的童年，多少会显示一种狭隘。回忆我们的学校，“土房”两个字就足够了。在简单的记忆里，小顺子与我并排坐在一起，眼前的黑板令人萌生一些不着边际的幻想。

那天的字迹比较凌乱，在老师写字的时候，坐在我旁边的小顺子用一根铅笔在我的手背扎了一下。小顺子声音低低地告诉了我一件事。

我爹这几天不对了。小顺子说。他一躺下，头一挨到枕头上，就发现墙上有喊声。

谁在喊他？我问道。

问题就在这里，不知道是谁，数不清。好多的人都在喊，就像电影里起义的那种场面。小顺子说。我爹说，在人群的里面还有火把和镰刀。小顺子边说边低头看了看插在他腰间的那把小型的月牙形镰刀。

他们是骂他吗？我问。

不是说了听不清么，要是能听清不就好啦。我爹说他们说的话他一句也听不懂。他们像是一伙外地口音的人。小顺子说。

我爹说他就要完了。

我告诉小顺子说，你爹一定是病了。

我看见小顺子的眼睛向黑板前瞟了一下，气氛立即便有些不对了。云彩飘了过来，网络状的印象。老师从书桌上抓起一支秃头的笔举在手里，老师问小顺子这是什么。小顺子听了，战战兢兢地从凳子上站起来，几乎不假思索地说道：

火把。

后来，天上就下起了雨。那天的内容有一半以上都泡在了冰凉的雨水中了。回忆几个湿淋淋的主要情节，我们的一部分念头都变得潮湿不堪。课上到一半，土房里就开始漏雨了，我看见我们的老师站在讲台上，像一只瘦削的山羊在不住地打冷战，他小刷子一样的眉毛上淌满了雨水。

那时候，整个山区都在下雨。

也许不是雨，是别的什么东西。放学回家的路上，我和小顺子走在一起，贴着村中房屋的墙根上走，不时地有蛤蟆在我们的眼前啪啪地蹦着。

大雨中的乡村，如同一幅古老的年画。

小顺子的头发湿淋淋地贴在他冰凉的脑门上，脸色青紫，表现出一种情不自禁的激动。

小顺子说，我爹他不想吃饭，一口也不想吃。他说他渴得不行，只想喝水。你知道他一次能够喝多少水？

三水壶的水。

还没等我回答，他就立即伸出四个手指说道。

四

回忆早年的山坡，空气清新，色彩鲜艳，青草十分茂密，白色的山羊在草坡上跑来跑去。天空里空荡荡的，基本上什么也没有。一匹黑色的马站在远处灰色调的山上，远看像一个写得很大的毛笔字。

什么时候能把字写得那么大那么黑，就厉害了。我说。

那就能给老师们当老师了吧？小顺子说。

那天，我们绕开了一些年久的没有姓名的坟堆，找到了一片长得十分密集而茂盛的麻黄。在山坡上的第六棵树上，住着一窝漆黑无比的乌鸦，一家老小七口。在山下的庄稼地里，站着个小草人，它们的个子很高。大约有一米八九的样子。

我们割草的时候，望见地头边丢弃着一些颜色模糊的农具。小顺子那时候已经干开了，小顺子因为心里惦记着他爹，他的麻黄就比我割的多。这种结果令小顺子非常满意，割完麻黄以后，我们就去供销社的后院里过秤，领钱。

我和小顺子走在那种虚构的画面中间，有时又走在一些侧面上。背景是乡村的结构松散的房屋以及一部分稀稀落落的米黄色杨树。

他摆弄了好半天，灯还是不亮。

这以后，他就没心思继续再弄了。他伸开手掌，仔细地摸了一下自己的脸，就躺下了。

那时候，墙上的局面已经变得十分的混乱了。无边无际的禾苗摇来摇去，肮脏的沟水在地上盲目地流着。在一条深红色的大峡谷里，叮叮咚咚的伐木声传达出一种无比空洞的东西。

在过去的那些冬季里，天空总是垂得很低，压迫着下面的人影。他感到那灰色调的山梁是一种很重要的生活背景。坟墓连着坟墓，很难再分清那里面的人到底是谁了。

接下来的事情变得极其麻烦。到后半夜的时候，灯忽然亮了。他想起了一个故事。里面有井，井边的房檐下居住着紫褐色的燕子。许久以前的一些著作里泛着微微的绿意。

后来的某一年中，秋天渐渐临近。有一天夜里，他梦见房里的四壁上挂满了各种金黄色的皮子，木头的气味深深地弥漫在房子里，远处有低低的水声在回响。在他的视线之内，栖落着紫褐色的鸟群。

第二天，他打开窗户。他看见满街都飘落着黄色的叶片，就是萝卜的那种黄色。街上一片寂静，一个人也没有，一点儿声音也没有。

后来，他看见在街口的尽头出现了一个黄头发黄眼珠的人，那个人正设法进入他的视线里，走进他的故事之中。

灯亮之后，他看见小顺子起来了。小顺子光着身子是去撒尿。小顺子尿完以后，咳嗽了一声。

小顺子说，爹，医生明天就来了。

医生？他来干啥？

五

十年前，小顺子的爹裴顺才是乡间的村主任。他紫红色的面孔如同一个圆形的月饼。那时，我和小顺子都上四年级。

记忆中的山区的阳光有如磨坊里的灰尘，十分呛人。十年前的一个闷热的午后，怀着一些不很现实的念头，我跟随小顺子走进他们家的院子里。我曾经说过小顺子他们家里的院子被两道土墙围着，院子里面的各种农具应有尽有。

那天中午，我看见村主任裴顺才他十分随意地赤裸着上半个身子，下身穿着一条白布的裤子，裤子上系一根红裤带，他一个人蹲在磨盘上严肃而认真地下棋。用白石灰画在石磨上的棋局显得十分模糊而苍茫有余。村主任裴顺才在这个背景简洁、内容晦涩的夏日里变得平静如水。每移动完一颗石头棋子儿以后，他都要托着下巴思考一阵，然后低低地自言自语几声。然后，他便抬起头抬起他的月饼般的紫红色面孔，平静而耐心地注视着河对面的石头棋子，久久地等待着什么。他的神态说明他已经胸有成竹。村主任裴顺才在那个夏日的中午留给我一种老谋深算的印象。

有必要提供一下呈现在那个时候的某些颜色，我想那天的颜色对我一生的印象都至关重要。那天中午，小顺子他们家里十分黑暗，站在堂屋里，几乎什么东西也看不清楚，有一种年景错乱的感觉。小顺子就在那种黑暗中翻箱倒柜地寻找了一阵，最后的结果是小顺子他什么东西也没有找到。需要说明的一点是，那年春天刚一开始，小顺子的算盘就怎么也找不到了。黑色的框架，紫褐色的珠子，这些都作为一种早期的印象，永远地残留在小顺子的记忆中了。直到最后，小顺子带着这种记忆从这个世界上彻底消失为止。这是后话。

走吧。小顺子对我说道，他这时正从一个细高的木凳子上跳了下来。

这家里什么也没有。他说。

从里面出来以后，我注意到小顺子的脸被黑暗中的灰尘和蜘蛛网弄成了一个花脸。与此同时，我和小顺子还看见了这样一个情景：村主任裴顺才正望着对面的房顶出神，他的手里还捏着一颗碎小的石头。

村主任裴顺才那时坐在石磨上，像一个古代的武士，对着月亮喝酒。

石磨就放在院子中央的那棵杏树下面。

我们向杏树下面走去。小顺子站在石磨旁问，爹，你看什么呢，那上面有什么东西？

村主任裴顺才显然听见小顺子的问话了，因为他很快就不再向那上面看了。他像似被人看透了他的某种企图似的，扭过脸恼怒地说道：能有什么呢！

有你妈的……

接下来，村主任裴顺才就骂了小顺子这么一句话。杏树的浓荫久久地浮动在村主任裴顺才月饼般的面部上，我看见他的脸上气氛有些不对。

那天，我们一直从杏树下跑到了大门的外面。

他为什么老朝那上面看？小顺子不解地问我。

那上面不知道有什么东西。他说。

不知道。我说。

六

那年春天，田野里还光秃秃的，到处都呈现着一种灰色，一种死灰般的情绪和颜色。

太阳升起来以后，小顺子的妈带着小顺子去三十里以外的杨树湾看他的姥姥和姥爷，以及一部分舅舅。小顺子的妈胳膊上挎着一个蓝底白花的布包袱。他们穿过乡村画面般的房屋，两边都是米黄色的杨树。

小顺子的妈那时大约穿着一种常见的布鞋，裤筒有些肥大，但走起路来还比较利索。一路上，小顺子不时说着一些无关紧要的话。

小顺子说，妈，昨天夜里我听见爹哭了好久。起初，我以为他是在笑，他的声音那么粗，后来才知道他不是笑。

小顺子妈问，你爹他真哭过？

哭过。枕头都湿了。小顺子说。

他身上光光的，什么也没有，我以为他是被冻哭了。他说。

妈，你知道爹为什么哭？小顺子问道。

知道。就是想哭了，然后就哭。小顺子的妈说道。

妈，姥姥的树上还有杏？

有。

她还坐在树下剪羊毛？

剪。

她不剪羊毛的时候干什么呢？

补衣裳。

不补衣裳的时候呢？

那就扫院子。

院子扫干净以后呢？

擦玻璃。

擦完玻璃以后呢？

擦完玻璃以后，天就快黑了，去大门口站一会儿，然后就回来点灯，开始做饭。

做好饭以后呢？

吃饭，这还用问。

吃完饭以后呢？

洗碗，关门。

关了门以后呢？

吹灯，睡觉。

睡醒觉以后呢？

要是睡到半夜醒来，那就准是被吓醒了。要是睡到天亮，那就已经是第二天了，再开始做饭，再开始剪羊毛，补衣裳，剪鞋样，扫院子，擦玻璃，在大门口站一会儿，回家来点灯做饭，吃完饭洗碗，关门，吹灯，睡觉。

和前一天一样哩。

当然一样。

就不能变个样子，不能有点儿别的事情？

不能。要是想有事，那就准有人要出事。

能出啥事？

那可说不准。

会有人死？

会，某一个人，说死就死了，这还不算最厉害的。最厉害的，嘀里嘟噜，死好多人。

后来，他们就找不到路了。路，越走越荒疏了。

小顺子的妈领着小顺子在一个米黄色的山谷里转了许久。

山谷里连一棵草也没有，一块石头也没有，都是小米一样的沙子，黄澄澄的，极厚。小顺子抬起头，看见头顶上面的天空没有一丝云彩。

那天空蓝得出奇。

后来，就忽然有人来了，说不清是从什么地方来的。

是一个女人。

一个脚上穿着白鞋、胳膊上挎着竹篮子的女人出现在他们的面前。她的脸苍白如纸，身上的衣服很柔软。

七

你说那个女人像谁？我追问了小顺子一句。

像咱们的李老师。小顺子说。

我想到了我们的老师，她叫李雪峰。读她的名字，你会感到空洞、莫名其妙而不得要领，感到有一种十分虚假的东西。直到后来的某一天，她的一张黑白的照片从她的一本教科书里滑落出来以后，我们看见她穿着当时社会上流行的一种风雪大衣站在漫天飞舞着的风雪之中时，我才自以为理解了她的那个没有一点儿实际意义的名字。

那个女人也像李老师那样的长相？我问道。

差不多，就是那样。小顺子眨着眼睛回忆道。

她厉害吗？我问。

不厉害，她一点儿也不厉害。小顺子说。

她穿着那么软的衣服，她的脸那么白，她的头发那么黑，她能厉害吗。他说。

在那座米黄的山谷里，那个白脸的女人领着迷路的小顺子的妈和小顺子一步一步地走出来。在这一段过程中，小顺子告诉我说她们之间好像没有说过什么话，就连小顺子和他妈之间也没有说过什么，这一切全是由于那个白脸女人的出现造成的。小顺子说那个女人的身上有一种看不见的类似力气一类的东西，小顺子已经感觉到了。小顺子告诉我说不知道他妈那时候感觉到了这些没有。

不知走了多久。后来，当他们三个人都同时看见远处出现了几棵米黄色的杨树之后，他们三个人便都不约而同地一起站住了。小顺子说他当时突然看见了远处的那几棵米黄色的杨树之后，感到十分的亲切和温暖，就如同他已经回到了家里后一样。

小顺子的妈对那个白脸女人说，真麻烦你了，领我们走了这么长的路。要不是你，我和小顺子说不定至今还在那沟里转呢。

小顺子，过来磕一个头。小顺子的妈说着就拉过小顺子。

小顺子就跑到那个白脸女人的面前，一下一下地磕头，小顺子一共叩了三个头。

那个女人把小顺子从地上拉起来，用一只手抚着小顺子的头说道，行了，行了，不用了。说完，那女人就走了。

小顺子说，你不知道，那女人她穿着一双十分软的鞋，走起路来一点儿声音也没有。

一点儿声音也没有？我问。

一点儿声音也没有，就跟鸟一样。你能听见鸟走路的声音吗？小顺子说。

她没说她是哪的？我问道。

没说。

哎，不对，她说了，她还让我妈带我到她家里去，好像是一个叫什么口的地方。小顺子断断续续地回忆道。

你能想起那个地方吗？

想不起来了，那个地名听起来很虚，就像假的似的，一共是三个字，最后面那个字就是口字。小顺子说。想不起来了，给你看一个东西。

小顺子说着，从腰间摸出一团东西来。他一圈一圈地展开以后，我看到是一根裤带，一根十分精美的黑色裤带。在裤带正中间的一块铜镜上画着一只金黄颜色的黄鹂鸟。

这是谁的裤带？我问小顺子。

你猜。小顺子说。

你爹的？

嗐，我爹哪有这么好的裤带，别看他也算是一个干部。

你妈的？

更不对了，不要瞎猜。

你妈给你买的？

咱们到了用这种皮带的时候了么？还早着呢。不对，再猜。

你捡的？

谁说是捡的？你去捡一根回来我看看。告诉你吧，就是那个白脸女人给我的，她说这是咱们李老师的裤带。

谁的？

李老师的。

真能瞎编。

我也不太信，可她说就是。

那女人就是这么说的？

就是。

李老师的裤带怎么会到了她手里？

她没说。

你想把裤带藏在哪儿？

不知道。

要不就把裤带给李老师送去吧。

不能送。李老师是女的，她会说我是流氓。这几天，我看见她的脸和手都那么红，她一定是发生了什么事情了。

嗳，要不就把裤带卖了吧，说不定能卖好多钱呢。小顺子忽然说。

肯定能卖不少钱，可是卖给谁呀？我说。

就是，不知道现在谁想买裤带。小顺子茫然地坐在地上说。

在那几棵米黄色的杨树下面，有几只鸡正在刨食，远处的地里十分寂静，一点儿别的声音也听不到。

一节一节的黄色的土墙像一些古书，寂寞无比地摊开在那里，许久都没有一个人去翻动一下。

八

出现在故事开头的那个黑头发的女人，她的手里提着一团绳子，哭喊着爬上了那片灰色的屋顶。这是需要补充的一个细节。我仿佛已经说过那个女人就是小顺子他妈。这件事发生在十年前，一个收购麻黄的季节里。

需要说明和提供出来的一点情况是，在此之前的若干段时间里，有两个赶着黑色骡子的山区男人，在十年前的某一天走进了小顺子他们家的院子里。他们把两头骡子拴在大门外的一块青石上，又在骡子的面前撒了一些黄色的干草。他们走进小顺子他们家的院子里以后，并没有看到院子中央的那棵杏树，以及杏树下面的那盘石磨，他们发现院子里空荡荡的，几乎什么东西什么痕迹也没有，这就是说，十年前他们的视线里是空的。

（有关十年前曾经出现过的这种现象，一直到很多年以后也仍然还是一个疑问，为这故事造成一大段的空寂无人的空白。我知道我根本没有办法去填补这个空白。别说是事后再回忆，就算是正在发生的时候，也常常会有很多让人看不懂和无法理解的东西。对于那种模糊的视线和变幻不定的场景，我们只能借助于回忆，无穷尽的回忆和想象。）

他们站在黑色的屋檐下面，门窗上的字迹笨拙的对联叙述着往年发生过的一些事情。

那天傍晚，我和小顺子爬到了那片灰色的房顶上面。

眺望四周，到处都是房顶。一片房顶，又一片房顶。

那上面原来什么也没有。

在那些稀稀落落的米黄色的杨树附近，一阵青烟正在缓慢而宁静地升起，缓缓而宁静。

蜿蜒的土墙上晾满了麻黄草。

风吹过来，掀动小顺子单薄的衣襟。我从一个烟囱后面走出来，看见小顺子的一只手抚在肚子上，满面愁容地站着不动。他的腰间系着那根精美的黑色裤带。

小顺子说，这裤带有毛病，我一系上它，就肚疼，就好像有人在里面用手揪我的肠子。

我走过去伸手拽了那根裤带，仔细地检查了一番后，发现裤带系得并不太紧。起初，我疑心是小顺子怕将裤带在不知不觉中掉了，就勒得过于紧了一些，以致造成了肚疼。现在看来，情况并不是那样。

把裤带解下来。我对小顺子说，

小顺子听了我的话，不信任地看了我一眼后，终于有些恋恋不舍地把那根裤带解下来了。

站着别动。我说。

小顺子把那根裤带挂到了他的脖子上，然后，他就用两只手提着裤子站在原地。

那时候，有许多只紫红色的蝙蝠在我们的周围和头顶上飞来飞去，它们伸展着雨伞一样的翅膀，每一次经过后，都要留下一种极其难闻的腐肉的气息，我将手中的一只帽子扔起来后，一只蝙蝠钻进了帽子里面。蝙蝠与帽子一同摔落到房顶上时，发出了“啪”的一声，如同天空里掉下来的一块腐肉。

疼不疼了？我问小顺子。

小顺子小心翼翼地用手摸了摸肚子，然后惊喜地说，不疼了，一点儿也不疼了。

真的不疼了？

真的不疼了。

小顺子，你再把裤带系上吧。我对小顺子说。

小顺子从脖子上取下裤带，又重新系了上去。小顺子一边系，一边说，我晌午吃得多了，吃过饭以后就觉得有些难受。

小顺子的意思是不能怨那根裤带。

天那时已经完全黑了，大多数的房子里都亮起了灯。昏黄的灯光从一些窗户里透出来。站在房顶上，能听见村庄里的树枝在轻轻地响动。白日里许多其他的声音却完全隐去了，远处的山和天空一样了。那时，站在灰色的屋顶上，我感到世界是一口漆黑的锅，我们都是锅上的蚂蚁，我们如同粗糙的五谷杂粮一样被煮在里面。

锅中的日子，如同幽闭的岁月，混沌而无边。

在最远处的一个村里，有一只红纸的灯笼在亮着。

傍晚的时候，马车叮叮当当地从瘦削的山梁上驶下来，他们今夜娶回了一个媳妇儿。门框上和窗户上都贴了新符，红纸剪出的公鸡贴在木栅栏上。他们穿着红袄、黑袄，互相说着一些五谷丰登、吉祥如意的民间语言。

九

染红十年前那个中午的是一种安静而贫穷的民间颜色。半上午的时候，它在一些陈旧的花布上弄出一种窸窸窣窣的声音。斜挎着锯子的乡村木匠从一些发黑的牛栏前走过，他听见了低声哭泣的土布衣衫。越过重重的牛栏，木匠看到了那条灰色水泥筑成的防洪渠。往年的时候，他曾见到防洪渠里堆满了砖头，渠沿上坐着乡间的闲人、纳鞋底的女人、抽烟的男人、晒太阳的老人和玩泥的孩子。

那天中午，木匠带着他的锯子回家，整整一个上午，他都在仓库前的空地上修理大门，两边是米黄色的杨树和重重的土墙。紫褐色的鸟群从他的头顶上方飞过，落在对面的一片房顶上、墙头上，

中午的时候，队长让他回去吃饭，队长说你回去吃了饭下午再来，他看见队长说这话的时候显得有些很不好意思，似乎还做出一副十分害羞的样子。那时，他忽然产生了一种莫名其妙的激动，他觉得队长这人其实比较善良，就是脑子比较容易发热。他自己也是那样，头脑也经常忍不住地要发热。

越过重重的牛栏，他斜挎着他的锯子走到了防洪渠的附近。那时，防洪渠上，包括四周的土墙下都一个人也没有。木匠呆呆站了一会儿后，感到禁不住有些寂寞，甚至孤苦伶仃。他觉得身上有些冷，他这样想过以后，便抬起头在天空里找太阳的位置。

木匠一抬起头，就看见了正出现在空中的那团东西。木匠那天根本没有看见太阳。

那是一团黑色的东西，边沿上还带着些凌乱的薄片。

鸟？一只很大的鸟？

木匠仰望晴朗如洗的天空，他这样估计了一下。那时候他的脑子里变得十分暖和，甚至有些燥热，如同六月里的草垛。

后来，他感到那团东西不太像鸟。

包袱？

本匠觉得他这一次总算看清楚了。他没有看到有关的翅膀

及其羽毛，所以他觉得不会是鸟。他寄希望于眼前的这个包袱，但他根本没有办法去估计和推断出这个包袱的来历。

十年前的那个中午，木匠一动不动地仰望乡村蔚蓝的天空，他像一颗结实无比的向日葵，热情洋溢的面孔对着天空盛开着。

这时候，他已不认为是包袱了，他看见是两件花布的衣服越过他的头顶，轻轻地落进了那道灰色的防洪渠里。他听见防洪渠里的砖头响了一下后，四周便又什么声音也没有了。

木匠的腿被锯子的铁齿划了两下。木匠扔掉手里的锯子，摇摇晃晃地朝着防洪渠的方向跑去。

他两手撑着渠沿上的水泥，俯身向渠里看。

他看见了死者弯曲的形象和花朵般绚丽的面孔，颜色黯淡的花布正在微微起伏。

回忆死者生前黑色的头发，木匠感到记忆像一道死亡的符，颜色深重地紧贴着他的后心。

十年前的那个黄昏时分，木匠蹲在村口的空地上，神情恍惚地为死者制造棺材。他的面前横放着一根米黄色的杨树，杨树的枝叶都已全部砍去，木匠面对着眼前米黄色的树干感到一筹莫展，他在努力回忆有关的尺寸和形状。

十年前的那个黄昏，乡村里安静如初。土黄色的牛群从山梁上下来，尘土飞扬地来到河边，如同一支需要渡河的队伍。

炊烟如柱，一支支从平静的灰色屋顶上升起来，化为乌有。

我的朋友小顺子他穿着一身土布的白色孝服，腰间和脑后拖着长长的青麻，在木匠的身边走来走去。小顺子手里拿着一盒启封后的香烟一根一根地散发给他看见的人，小顺子递烟给木匠时，木匠吓了一跳，木匠一下子坐到地上，战战兢兢地接过小顺子递过来的烟别到了耳朵上面。

十年前的那天，小顺子的妈死了。木匠听见他的身后不时传来沉闷而空洞的声音，他估计是有人用筷子或拳头在敲击木桶。木匠那天坐在地上其实一直都在无声地笑着，他笑得十分迅速，所以谁也没有发现他是在笑。

我后来见到小顺子的时候，木匠已经不在那里了。小顺子一个人坐在米黄色的树干上正在认真地吸烟。我问木匠去什么地方了，为什么还不开始干。小顺子告诉我说木匠把棺材的尺寸忘了，木匠回家取尺寸去了。

小顺子抽出一支烟递给我说，抽一支吧，他们好多人都抽过了。

小顺子给我点着烟以后，我问小顺子他爹哪里去了，为什么不来招呼木匠干活儿。小顺子告诉我说，他爹与几个人出去打墓，回来后喝醉了酒，现在正躺在院子里的磨盘上说梦话。

这时候他还能喝醉？我说。

可问题是他就是醉了。小顺子的口水将烟湿了好长的一节，小顺子看了看，便将烟扔了。

十年前的那个黄昏，我与小顺子并排坐在一根米黄色的树干上，小顺子像一个大人一样同我说着话。

那天天黑以后，小顺子用手拍拍我的肩膀，他说，你回去吧，你妈正等你吃饭呢。

我说，小顺子，一起到我们家去吧，你也得吃饭。

小顺子说，你走吧，我是不能去，现在还不是吃饭的时候。

走出老远以后，我回过头。刚才的那片地方已经完全黑暗了，什么也看不见了。

只有一个暗红色的烟头还在黑暗中孤独而寂寞地亮着。

十

小顺子的妈被埋在一片庄稼地的附近，那四周有几棵米黄色的杨树。

那天，我站在一片灰色的屋顶上。我看见一群人用木杠子抬着一口血红的棺材，沿着一条蜿蜒的山路，缓慢地走上了西北方向瘦削的山梁上。

十几张亮闪闪的铁锹在山梁上上下翻飞着。

后来，山梁上就隆起了一个米黄色的坟堆。

十一

大家至今都能记忆犹新地回忆起乡村的圆形的打谷场，多年来我们一直把打谷场作为操场，一遍一遍地在那里上体育课。十年前的一天，我们排着队，老师的嘴里吹着哨子，我们沿着圆形的打谷场跑了几圈。

那天的内容似乎过于简单。老师让我们每个人都做十五个鹞子翻身的动作。

我看见在山区晴朗的天空下，我们的老师李雪峰她站在一旁，她穿着当时在中小城市里流行的那种衣服，雪白的衬衫领子翻出来，脚上是一双白色的塑料凉鞋。她的手里拿着一把瓜子，她一边吃瓜子，一边看我们做鹞子翻身。

前面的十一个人全部做完以后，都站到了另一边。小顺子那天是第十二个。小顺子那天一点儿也不像平时那样激动，他翻身翻得极其一般，但学生们的叫喊声使人不能不为之侧目。

学生们在小顺子翻身的过程中，几乎同时看见了系在小顺子腰间的那根精美的黑色的裤带。我至今都认为这是小顺子的疏忽和大意，无法原谅。

先是女学生们叽叽喳喳地说话，互相指点不休。后来，男学生们都大喊大叫。

这种混乱的现象引起一旁嗑瓜子的李雪峰老师的注意是非常自然的。

当我看见李雪峰老师吃着瓜子走过来时，小顺子还在地上翻身，他十五个翻身的任务还只完成了一半。在小顺子做第九个鹞子翻身的时候。那根精美的黑色的裤带终于暴露在了李雪峰老师的眼前。

完了。

我望着继续翻身的小顺子说了一声。

我知道大祸临头，我感到一切知觉正在迅速失去。

不知从什么时候起，圆形的打谷场上已经聚集了那么多的人。

我看见李雪峰老师手中的瓜子撒了一地，她不住地哭。

我看见那根黑色的裤带此刻正挂在小顺子的脖子上，小顺子低着头，两手提着裤子站在人群中。

我看见一个老师正在用一块手绢给李雪峰老师擦着脸上的泪痕。她一边擦，一边对李雪峰老师说，别哭了，已经给公安局和教育局打去电话了。

我看见我们的校长显得很激动。校长说，文化和教育这块阵地，如果无产阶级不去占领，资产阶级就一定会来占领。我们一定不能放过这种可耻的流氓行为，我们马上开会。

傍晚的时候，小顺子被人领回了家里。

小顺子的爹——村主任裴顺才拧着小顺子的耳朵骂道：

兔崽子！人家李老师是有了男人的女人，你就不怕掉进去淹死。

老子都没有想过那种事。他说。

说完话以后，他把一件棉袄扔过去。小顺子用棉袄盖住身子以后就很快睡着了。

夜里，有人来叫他，说是公安局和教育局的人都来了，村主任就去了。后来，他领人回来以后，小顺子已经不在家里了。

十二

十年前，小顺子消失了，至今没有他的消息，有关他的故事早已结束。

站在那片灰色的屋顶上，我看见了那些稀稀落落的米黄色的杨树。

那里曾经是小顺子消失的地方，那里残留着十年前的一个虚构的画面。

一九九一年六月

山中白马

一

按照别人的描述，我终于在一丛灰色的蒿草下面找到了那个马的蹄印。那是八月里的一个下午，冷风吹拂着塞外光秃秃的山头，汩汩的泉水正从那个深深的蹄印里洇出来，瘦伶伶地形成一股清水后向山下流去。我用手捧着饮了一口，蹄印里的泉水清冷甘冽，沁人心脾。那个圆形的马的蹄印深深地陷在石头里，有一种人工的痕迹。

在他们的描绘里，那匹浑身雪白的马很多年来一直都静静地站在这面向阳的山坡上，一动不动，仿佛一匹石马。山上的草在它的蹄印下面黄了又青，青了又黄。遍野的芳草随风而动，彬彬有礼起伏、摇曳。

那些世代在山下割草的、犁地的、挖煤的，还有那些稀稀拉拉地在山间小道上走亲戚的人，都曾不止一次地看见过山坡上的那匹白马。我站在塞外八月份的天气里，他们多年来一直目睹并描绘过的那匹白马早已消逝不见了，我的身边只有这只深陷在石头里的马蹄的印迹，荡着一汪清水。

他们告诉我说，那匹马也是在与此相同的一个八月的天气里飘走了的，其时，山下的水库里传来了哗哗的涉水之声，那是一个星光黯淡的深秋之夜。

山下的那座水库很大。

圆形的水被四面的荒山围在中间，远看就如同一汪眼泪紧含在眼眶里团团打转，欲哭无声。那个马蹄里洇出来的清水流到山下后，就形成了这座水库。平静的水面像天空一样蓝，像天空一样干干净净，只有水的边缘插立着一些东倒西歪的水草。

圆形的水有如我的呼吸和愿望，我坐在水边附近的一片沙地上仔细辨认那些痕迹。那些痕迹大部分是人留下的种种姿态和印象，也有一些动物和家禽的毛片、印迹。在那些关于人体方面的图案里，有清晰的手印和脚印，还有几个模糊的脊背的印痕。时光悄然而逝，那些当年还曾经热烘烘地散发着人体气息的图案现在早已冰凉如水了，山中的冷风不时地从它们的上面吹过，带来一些草叶和尘埃。

在那片杏黄色的沙地上还依稀有一条条带花纹的印痕，很多人都以为那是蛇爬行过后留下的踪迹，还有人认为是鞭子的痕迹。在我向他们讨教的过程中，大多数的人都这样认为。还有人把这片杏黄色的沙地描绘成是“一片紫红色的沙子”或“一片天蓝色的沙子”。当时暮色苍茫，我想他们所说的“一片天蓝色的沙子”，一定指的是那水库里的水，那水是天蓝色的。至于说“一片紫红色的沙子”，一半是出于他们的想象或对我的粗浅应付，一半有可能指的是晚霞的余韵。

其实，那一条条带花纹的图案是一种女人的辫子的印痕。

那是一段美丽芬芳的距离，乌黑的头发编织出的美丽的花纹在经过了多年的遗忘之后，仍然清晰地隐现在时间里。

我站在山区八月份的炊烟里，我身后的村庄宁静而简朴，房屋凹凸，树木错落，牲畜的气味在叮叮当当的碗筷声中弥漫得很远，很远。

我到气象村来，来看我的表姐。

二

夜色笼罩了整个山区的时候，那些年深日久的院落里里便会露出一些尖尖的触角，附近黑暗的空气里飘荡着一些深深浅浅的牙齿的印痕，零碎而整齐，闪闪烁烁，无限仓皇地浮现在苍茫的夜色里。

一些石头的碾子变得蓝乌乌的，青色的磨盘上冰凉如水。

草房和牲口棚的门闩在风中呱嗒呱嗒地响着，像是多年以前的一个人趁着低垂的夜色从远处回来了。

那女人告诉了我一些事情。

那些事情一半模糊一半清晰，还有一部分连她自己也说不清是虚是实。

我从她的叙述里感到了一种很难忘的很让人流连忘返的东西。我看到了一个十分萧瑟的画面，画面中的线条和风景荒唐而又诚实，轰轰烈烈，之后冷冷清清。

那女人告诉我说，大部分的事情都是真实的，只有时间和一两个地名、人名是不真实的，夹杂了一些虚假的成分。

那女人姓潘，名字里有一个花字，另一个字没听清。她的两只眼睛细细的，像两片柳叶横在眉毛下。她的脸一会儿红，一会儿白，那种来来回回的变化，让坐在她对面的人的一颗心始终安静不下来，也踏实不下来，一直都高高地悬着，悬在半空中。也就是说，她的那种变化和反应，让你无法判断她的心里究竟是高兴还是不高兴。面对着这么一个人，谁的心里能踏实下来，安宁下来。

那女人的身上老有一种强烈的羽毛的气息。她的娘家在口外那边的一个叫作十二苏木的地方，她十九岁时便来到了山区里，嫁给了刘砍。之后，便在几年之内连续生下了一系列的孩子。其中有两个孩子的长相酷似郭连长，一点儿也不像刘砍。我并没有见过她的那两个孩子，这些都是听别人说的。我注意到，人们在说起这些的时候，似乎也并没有什么忌讳，似乎那早已是一件老生常谈的事情。

刘砍是山区里的会计，刘砍是个眨蒙眼，又是近视眼。当了很多年的会计以后，刘砍的头发都掉光了，头顶着一片光光的不毛之地，整天都眯着眼趴在账本上。

我认识刘砍，是因为我曾经帮他复印过一份解放前的地契。

刘砍的女人——姓潘的女人望着我，目光浅浅的，像一摊清水。天已经很黑了，她还没有吃晚饭。

我看见她的脸上很萧瑟，有一种很苍凉的东西在那里游荡着，裸露着。

那是八月里的一个夜晚，山区里繁星满天，夜色苍凉如水。

坐在屋子里，能清晰地听见附近的牲口棚里传出的牛吃草的声音。喂牛的人提着一盏昏黄的马灯在黑暗中闪闪烁烁地走着，马灯摇曳着，如夜晚中的一星明火。

我环顾一下这座房子，正如她所说的那样，房子的确是老得不能再老了，屋顶上的尘土总是出其不意地掉在人的头上、身上，溅开一些梅花形的图案。她每天睡下后都要一遍一遍地捅刘砍的脊背，催刘砍盖房，早一天从这里搬出去。但让她感到可恨的是，刘砍总是哼哼哈哈的，有时甚至是嬉皮笑脸的，总是在用各种各样的办法和方式应付她，拖延她。刘砍对祖上留下的这份破败的家业一直怀有一种十分深切的依恋，他不愿意搬到任何地方去。刘砍说他在新地方睡不着觉，常常失眠。

这个院子里住着刘砍一家，刘砍的哥哥刘义一家。东边的一间耳房里住着刘砍的母亲和刘砍的弟弟刘三。

刘砍的女人向我叙述了很多的事情，描绘了很多的场景。她的记性很好，她对我说了那个秋天里的一切，包括庄稼的长势和天空的颜色。她说，事情发生的时候，天空中正有一群鸟飞过，有一大群，三四十只鸟，那种鸟是一种有毒的鸟，毒就在牙齿上。那种鸟经常趁人不注意时便俯冲下来，啄食挂在屋檐上的玉米和谷穗，啄食晾在屋顶上的其他的粮食。有时候看见一些小孩子手里拿着的窝头或馍馍时，也要猛啄一口。

她告诉我说，很多的人后来都添枝加叶，虚假的不真实的东西从那时候就开始有了，后来，一切便都云山雾罩的了。

我从她的断断续续的描绘里，看到了一种早已消逝的昔日的山区景象。那时候，每到深秋里，人们便都把潮湿而新鲜的粮食铺到屋顶上晾干，经常能望见许多的人都在那些高矮不平的房顶上起伏，出没。

三

表姐那时候住在一座杏黄色门窗的房子里。门前有一排曲折的柳树和榆树，几只雪白的山羊常轻轻地从那里跑过。

我常常无功而返地在山区里盲目地飘来飘去，气象村空荡荡的，只能望见一些垂暮之年的老人终日像石头一样坐在阳光下。

气象村如同一个固定的场景，多少年来一直都断断续续地穿插在我童年的记忆里。村子里的门窗都又低又矮，有钱的人用油漆把门窗刷成黄色和绿色，甚至红色和蓝色。没钱的人的门窗都一片灰黑。

刘砍的女人告诉我说，表姐的房子盖起来以后，郭连长领来一个眉清目秀的小伙子给油漆门窗。那个小伙子是丁家密村的，他常偷偷摸摸地走村串户，给人们油漆门窗，画炕围。后来，便让民兵们抓获了。民兵们带着他去见郭连长时，郭连长看见他身上背着一个灰色的帆布挎包，里面装着各色的油漆颜料和画笔。郭连长说，你会画些什么东西呢。他说他会画山、水、云彩和树。郭连长问，你还会画什么东西？他说他还会画屋顶、院落、鸟和人，花和天，他后来又说他还会画一些神仙，一些住在山上的神仙。在一些寒冷而青翠的山上，住着一些年老的神仙和一些美丽的年轻的女神仙，那山上有洞，云彩像花瓣一样。几枝红杏开得稀稀落落，鲜艳欲滴。

郭连长说，神仙？还好多神仙，还有女神仙？就凭这个，判你个死刑，也一点儿也不冤枉你，你信不信？

那个年轻的油漆匠说，信，我知道我这是在讲迷信。

郭连长领着那个油漆门窗的小伙子来到气象村后，在表姐新落成的房里油漆了三天。那个年轻人油漆得很仔细，一丝不苟。那时候，很多的人在吃饭时都各自端着饭碗去看过，看上了油漆的门窗和那个给门窗上油漆的人。

我去的时候，大部分门窗都油完了，只剩下一根门框还没上油。刘砍的人对我说。

我望着刘砍的女人。她饱满的胸前有一片水渍。她的手指都很圆，手关节上有一些圆圆的小肉坑。我不喜欢看见这种手，每次一看见，我都会把目光迅速地移开，有时甚至把脸转到一边，我宁愿看着那些像水一样深的窗户。

听说她刚从老家嫁到山区里的那几年里，一切都很瘦，脸是瘦的，手也是瘦的，整个人都是瘦的。那时候，刘砍还没有当会计。后来，又过了几年以后，郭连长在气象村蹲点的时候，刘砍就当上会计了。刘砍当了会计没几年，这女人的身上就渐渐地都鼓起来了，一切都又润又圆，滋滋润润，很多人都说是与生了孩子有关。但是，刘砍的哥哥刘义的女人却越来越瘦，走路都摇摇晃晃的，像一根草，站在那里不动，都像是在颤抖。而事实上她生的孩子要比眼前这个姓潘的女人，比她这个妯娌要多出好几个。可见，一个女人丰饶还是瘦削，实在与生孩子没有什么关系，更无关生多生少。

我在一个风和日丽的秋日的午后曾经看见了刘义的女人，那是一个面色苍白的没有一点儿血色的女人，说话的声音战战兢兢的，像是在呻吟，声音里穿插着一种很破碎很脆弱的东西。看见她，你不由得就会担心，如果来一场大风，她会随风飘走。

我知道郭连长是公社武装部任命的，气象村的大人孩子都认识他。那时候，村里的一些孩子哭的时候，家人就说，再哭？再哭，郭连长就来了。孩子听了便立即停住了哭声。

四

云龙从后院里那间紫颜色的房子里拖出一匹尘封多年的木马后，便骑着满院子跑，院子里到处都回响着咚咚的木头的声音，听起来空空的，闷闷的。

云龙让我骑在木马的后面，抓着他的裤带，或者衣襟。

那是一匹褐色的木马，远看就觉得是一匹真马，有一匹小马驹那么大。马的两只眼睛是用两颗亮亮的铁球做的。铁球生锈以后，木马就像是双目失明了。披散的马鬃是用一团红麻做成的，红麻当年被镶嵌在木头里，一直都非常结实。

云龙说，抓住我的裤带。

我骑在木马的后面，紧紧地抓着云龙的裤带。木马上的灰尘很多，很厚，还有一些白白的干硬的鸟雀的粪便。

云龙说，抓紧些，小心马跑起来以后把你从上面颠下去。

云龙告诉我说，他一直以为那间存放木马的紫黑色门窗的房子没钥匙，他一点儿也没有想到门上的那把锁子原来竟是假的。早上起来，他用手轻轻一碰，那把挂满了灰尘和秋霜的大铁锁子就哗的一声开了。

我想起那只假锁子以前曾经像一种灰尘和记忆一样蒙骗了那么多的人，那么多的人全都被蒙在了鼓里，蒙在一种深深浅浅的假象之中，那么多的人都以为那锁子真的没有钥匙，谁也没有想到那会是一只假的，那么多的细枝末节都是绝对真实的，只有一个最关键的地方是假的，不真实的。

云龙穿着一身土黄色的布衣裳，就是街上看见的牛粪的那种黄颜色。云龙驾驾地骑着木马，两条腿紧紧地夹着木马的肚子。木马的肚子下面有一排密封的锈迹斑斑的铁钉，密封着空空如也的马的内脏。

云龙也是个眨蒙眼，像他的叔权刘砍一样。云龙的爹就是刘砍的哥哥刘义。刘义在碾子沟的煤窑上挖炭，每天都披星戴月地戴着一只柳条帽，顶着一盏昏昏沉沉的电石灯回来又出去，出去又回来。刘义是一个高个子红鼻头的男人，有两颗银牙，说话的声音软绵绵的，拖泥带水。云龙从生下来，一双眼睛就像永远也睁不开似的，云龙的目光永远都被他的长长的眼睫毛覆盖着。

这个破旧而庞杂的院落是云龙的爷爷留下的，也就是说，是刘义和刘砍的父亲留下的。院里共有多少房屋，谁也说不清楚。云龙说是三十一间，刘砍说是二十四间，而云龙的爹刘义则说只有十八间。院里有一个黑暗而空旷的布满灰尘的碾坊，气象村的人经常在碾坊里碾粮食。院子里长着一些不太鲜活的喇叭花儿、打碗碗花儿。几家人的鸡终日在杂草般的花藤上飞来飞去。院子中央铺着明媚的阳光，阳光里摆满了梅花形的鸡屎的图案。

云龙骑着木马，就在院子里的那些梅花形的图案上面飞舞，飘荡。

那时候，那北屋里的门开了一扇，刘砍的女人出来倒水。屋里的地下有一个高个子老头，一身黑袄黑裤，裤脚用绳子扎着。那是刘砍的丈人，从长城那面的十二苏木远道而来，背来了金黄的胡麻油，还有一些用柔软的荆条扎成的紫红色的扫帚。

云龙的三叔刘三已经很久没有回过这个院子来了。刘三在家时也常常夜不归宿。刘砍和刘义兄弟两人早就合计好了，要将刘三赶出门外。刘三是一个贼，一个偷人的贼，三十多岁了还依然是光棍一条。刘三在山区里逮着什么偷什么，农具、牲畜，吃的，穿的，没有不偷的。刘三五短的身材很灵活，敏捷得像一只猫。在人们的记忆里，刘三被郭连长抓获过无数次，又放过无数次，刘三与郭连长混得烂熟，刘三通常是躺在被窝里的时候让郭连长抓获的。每次看见郭连长扎着黑红色的皮带，拿着枪，来抓他的时候，刘三就会觉得十分的过意不去，很内疚，认为自己又给郭连长添了麻烦。刘三对郭连长说，真是对不起，真是不好意思，又麻烦你亲自跑一趟，我本来是要主动去的，可是真是不争气，一不小心就睡着了。很多年来，刘三的矮小的影子一直晓行夜宿地出没在空荡荡的山区里，蹲伏在无数的墙头下。

刘三不回来，东边的那间矮小狭窄的耳房便静悄悄的，仿佛没有人烟。七十多岁的母亲整天盘踞在黑暗的炕上睡觉、咳嗽。睡醒一觉以后她就开始咳嗽，咳嗽完了就又睡。老太太总是瘪着一张嘴说一些谁也听不懂的话。刘砍的女人对刘砍的母亲不感兴趣，连看也不看，刘砍最多也只是偷偷地轻描淡写地看一下，看过之后便又匆匆走了。只是云龙每天给祖母送一些稀饭。刘三一回来，老太太的日子就好过了，刘三用偷回来的东西孝敬母亲，母亲就感到很滋润。刘三有一次被郭连长抓去后，老太太一直昏迷了半个多月，不吃不喝，最后居然活下来了。老太太知道刘三在外面偷人，但她已管不了了，更何况，如若没有刘三，她恐怕就早已死去了，别人没人管她，就数刘三孝顺。

刘三是一个矮胖矮胖的汉子。那时候，刘三常去我表姐家串门，帮助挑水，劈柴，搬炭，驮粮食，甚至抱孩子。刘三在表姐家里一坐就是很久。刘三在表姐家里的时候很规矩，刘三说，我偷谁也不能偷你，是不是?

刘三后来在表姐的家里看见过那位油漆门窗的年轻人，刘三一边蹲在旁边看油刷子上下滑动，一边与表姐和那位年轻人说话，还给那人抽烟。刘三觉得自己不如人家，不像人家那样招人。刘三大约那时候就看出表姐喜欢那个油漆匠了，只是没有说。

很多年之后，刘三还能清晰地回忆起那时候的某种情景，他们几个人稀稀落落地站在那杏黄色的门窗前，深深地呼吸着油漆的气味，那种杏黄色的背景几乎映衬了刘三的一生。一生中的每一个夜晚，都有一些门窗在刘三的记忆里吱吱呀呀地响着，黑暗中隐隐响起的那些声音让他多年之后仍然不能忘怀，仍然历历在目，清晰如初。

某一年的夏天里的一个黄昏时分，当刘三一人独自站在劳改农场的高大的灰色砖墙下面时，那些杏黄色的门窗又一次完整而清晰地浮现在了他的眼前，他听见清脆的女人的声音温情而芬芳，农场里的拖拉机在附近的田野里突突突地响着。

往事浮现的时候，天空里正有一群鸟飞过，一群美丽的绿头鸟优美地向苍茫的北部山区飞去，刘三看见一个人手持一把铁锹匆匆忙忙地穿行在茫茫的晋北山区里，身后的月亮又大又圆，那个人穿着一双褐黄色的翻毛皮鞋。

那个穿翻毛皮鞋的人就是刘三自己。

五

刘砍在一个阴雨绵绵的早晨，怀揣着那份又黄又烂的地契去找队长。

队长那时候正在家里生病，一张脸黄黄的、瘦瘦的。队长的屋里弥漫着一种浓烈的熬猪食的气味。院子里的农具东倒西歪，一只狗正伸着嘴在一只猪的尾巴下嗅来嗅去，猪哼哼呀呀，细细的尾巴左摆一下，右摆一下，忸忸怩怩，显得很害羞。

刘砍说，队长。

队长说，刘砍。

刘砍说，队长你吃啦?

队长说，还没呢。

刘砍哈着腰，眯着眼，恭恭敬敬地把那张又黄又烂的地契递过去。

队长的一双眼睛瞪得圆圆溜溜的，队长面对那张又黄又烂的纸望了许久。队长不认得繁体字，他对那些笔画密集的字感到很复杂，很麻烦。看了好半天以后，队长才逐渐琢磨出一点儿意思来，

队长望着刘砍，眼睛像两个洞穴。

队长说，日你祖宗的刘砍，你狗日的这是想干啥，想变天?

刘砍说，队长。

队长说，刘砍我日你祖宗。

刘砍说，队长，我要进步，这东西是我爷爷那老狗留下的，我现在把它交出来，我要进步，我不能留它。

那天上午，刘砍和队长两个人冒着蒙蒙的细雨找郭连长去了。郭连长下来蹲点儿，腰里别着一把乌黑的手枪。郭连长住在学校附近的一间土屋里。刘砍和队长走进郭连长住的屋里

时，郭连长正盘着腿坐在炕上擦枪，屋里有一种机器油腻的味道。刘砍和队长两个人看见那把闪着油光的枪后都吓了一跳，都不由自主地向后退了一步，郭连长面前有一张小方桌，桌上放着一盏马灯还有一些倒扣着的材料。

队长语无伦次地说明了事情的原委，说完之后，又看了一下那支枪。

郭连长说，很好，这很好嘛。

郭连长说，你叫什么名字？

刘砍说，我叫刘砍，文刀刘，砍柴的砍。

郭连长说，刘砍？很好，这很好。

郭连长后来又问刘砍住在哪里，刘砍就说自己住在村西头，在打谷场的附近。郭连长说他常去打谷场附近转悠，以前没留意，以后就要去串串门子。刘砍听了便很感激。

刘砍说，郭连长。

郭连长说，刘砍。

郭连长是一个讲话守信用的人，后来便常去刘砍的家里串门子。刘砍在家的时候去，刘砍不在家的时候也去，

那年秋收之后，郭连长派刘砍和另外的一个人去后草地买牛，一去两个多月，回来时天气已经是冬天了。冬天里，刘砍当了会计。郭连长在社员大会上说，刘砍，你让我很放心，很满意，经过这一段时间的考验，你是最让我放心的一个人。

刘砍当了会计以后便十分得意，他以为是那份地契的功劳，他没有往别处想。家里的人都欢天喜地的，只有他弟弟刘三常嘲笑他。刘三说，刘砍，你不觉碍丢人，反倒光彩起来了，你不是个人。

你是个×。刘三说。

刘砍以为刘三是害了红眼病，刘砍其实很早就想将刘三赶出门外了。当了干部以后，刘砍更为有这样一个弟弟而感到羞耻，无颜见人。很多年来，刘砍从未对刘三笑过一次，从未对刘三说过一句带有兄长意味的宽厚的温暖的话。在刘三的记忆里，所有的一切都冰凉如水，仿佛只有我的那位表姐能使他规规矩矩，能使他温馨如初。

刘三是一个夜不归宿的浪子，很多年来，刘三一直像一个孤魂一样游荡在古老而贫瘠的山区里，他看见了先前的一些噩梦，看见了许多别人闻所未闻的事情，他知道许多事情的真相，包括事情的开头、中间和结局，包括事情的起因和所有的细枝末节，真实的场景和清晰的人物关系。

但那时候根本没有人肯相信他的话，多年的盗窃生涯使他的语言变得支离破碎，一文不值，像秋日的落叶一样随风而来，随风而去，在任何人的眼里都难以留下丝毫的痕迹和色彩。刘砍就常对人说，甭听他的，狗嘴里吐不出象牙，谁听谁倒霉。

时光汩汩，仿佛在倒流。

山区的岁月忽明忽暗，幽闭而无边。

六

清晨，我坐在土坪前的一个圆形的树墩上看一个脸上有刀疤的男人在铡草，那个人个子很高，穿着一件制服棉袄，脸上的颜色很凶。铡刀在清晨的霞光里一起一落，寒光闪闪。那个人铡一会儿之后，便转过头很凶地向坡上望我一眼，然后低下头再铡。

我不认识这个人，我没见过气象村里还有这样的一个人。

附近有一盘青色的石碾，一圈矮矮的短墙将石碾围在中间。

郭连长像一片破布似的飘过来时，一群早起的女人正在石碾上碾谷子。暗红色的谷子平铺在青色的碾盘上，沙沙作响。磨道里的脚印纷乱而模糊，一个压着一个，一片叠着一片，混沌不清。

郭连长一路走一路唱："深挖洞，广积粮。"郭连长手里端着一杆木头枪，枪身上还系着一根乱纷纷的污黑的红绸子。郭连长苍老的身子左右摇晃着，他的头发有一半都灰白了。他站在清晨的霞光里，眼眶周围全是黏糊糊的眼屎，数不清的虱子密密麻麻地便从身上和头发里乱纷纷地窜了出来，爬得他满脸都是。

郭连长端起手中的木头枪，斜起一只眼睛瞄准一个女人说，李玉花，你老装病，一让你下地劳动你就说有病。

几个推碾子的女人听了全都哈哈地笑。

郭连长晃了一下手中的枪，继续说，再不去我就开枪了。

有一个女人推了他一把，那女人说，走开，走开，再闹以后就没人给你饭吃了。

郭连长笑了一下，几颗焦黄的稀稀落落的牙齿露了出来。他挺着胸，腰间紧紧地勒着一根麻绳，以此象征当年的紫红色的牛皮武装带，他烂草似的头发上沾满了草末子、鸡毛和唾沫。他凑在女人们的身后，女人们谁也不理他，都在一圈一圈地推着石碾，碾盘上的谷子沙沙沙地响着，烂着。

郭连长飘过我身边时，忽然伸出一只肮脏的黑手拽住了我的衣袖，他的手上沾着一些干硬的饭粒。他将我上下打量一遍后说，哈哈，你又来了，我一眼就认出你了，你就是那个油漆门窗的家伙，我知道你的手艺很好！

我掏出烟给他抽，他鬼头鬼脑地朝我笑了一下，他的门牙残缺不全，像一截年久失修的墙头，排满了高矮不平的豁口。

我想起了那个星光黯淡的夜晚。

玉环儿——玉环儿——

从八月里萧瑟的秋风中，传来了郭连长凄厉和嘶哑的声音，他扛着木头枪，渐渐远去了

玉环儿就是我的表姐。

七

仿佛也是在八月里的一天，人们忽然发现那位年轻的油漆匠失踪了。

那年八月里，另外几家有钱的人也都盖起了新房，他们在此之前都曾经无数次地见识过那位油漆匠的手艺和门窗的效果。当他们都去找那位油漆匠的时候，那个眉清目秀的年轻人早已无影无踪了。

前一天的傍晚时分，还有人见过那位年轻的油漆匠，他背着那个灰色的帆布挎包在暮色里急匆匆地向表姐那座杏黄色门窗的院落里走去，那门是虚掩着的。

那天晚上，刘三听到了一声沉闷的巨响。

很多人在那时都听到那种沉闷的响声了，但谁也没理会。那时候，他们正忙着吃饭，睡觉。他们在地里劳累了一白天，天一黑便什么也不想了，只想早一些睡觉。

刘三走进表姐的那座杏黄色门窗的房子里以后，刘三大惊

失色。

刘三看见我的表姐披着一张毯子缩在屋里的一个角落里，面色如土。浑身犹如筛糠一般在抖动着，摇晃着。

郭连长站着，直挺挺地站着，郭连长手中的枪还冒着一缕余烟。

刘三看见那位年轻的油漆匠赤条条地躺在地上，暗红的血从他的身体下面流出来，染红了他的腿和旁边的一只鞋。

郭连长说，刘三。

刘三说，郭连长。

刘三你看。郭连长说。

郭连长，刘三说。

那时候，我的表姐缩在墙角里瑟瑟地抖着，一副披头散发的模样。

你看她冷的。郭连长说。

看郭连长您说的，她头上还出汗呢。刘三说。

郭连长找来一领苇席子，将油漆匠赤条条的身体裹了起来，裹成了一个席子筒。刘三最初扛在肩上的时候觉得很沉，像是扛了一根粗大的潮湿的圆木。适应了一会儿之后，刘三就不再感到沉重了，刘三这时觉得肩上一点儿分量也没有，刘三怀疑那油漆匠这时早已从席子筒里悄悄地滑落出去了。

刘三。

郭连长。

刘三你小心些。

我知道，郭连长。

刘三扛着席子筒离开了那些杏黄色的门窗。穿过长长的寂静的一条村巷以后，他一直向河边走去。

天上只有半个月亮。

半个月亮的形状像是一张人的嘴唇。黑暗的山区里灰蒙蒙的，很多东西看上去都影影绰绰的，辨不清正反甚至本来的面目。白日里的一些明显的象征山区历史和时空的风物标志这时候只剩下了一种表皮，一副骨架，只剩下了一种空旷而寂寥的轮廓。

去四台洼吧？

上狼山吧？

去南原吧？

要不就去刘家坟吧。

刘三扛着席子筒，一个人沿河走着。

刘三向山区西北方向的刘家坟走去。那里平日总没人去，只有一些黑色的乌鸦落着，那里是一片乱坟滩。

过河滩的时候，刘三看见河边有一摊白白的东西，有一个人正在那里呼呼地喘气。刘三看过之后便明白了。凭着多年的盗窃生涯里积累下的经验，他知道那是一个偷羊贼正在河边宰杀偷来的羊。

刘三停住了脚步，他想起了郭连长的话，他感到了肩上那个东西的重量。河水哗哗哗地流着，从山区的胸脯上流过。

偷羊贼那时候也听到刘三脚步声了，偷羊贼抬起头看见不远处站着一个粗粗的黑影时，便不准备一五一十地仔细剖羊了。他扛起两大块羊肉，把羊身上最主要的肉都带上后，便迅速地蹚过河水，消失在茫茫的夜色中了。

刘三知道这也是一个老手。

手段地道而老练，动作干净而利索。偷羊贼把一大堆杂七杂八的头蹄和下水留在寂静的河滩上后，便像一阵风一样地走了。

好汉。刘三想道。

有骨头的好汉。刘三想着，便越过了那一堆羊下水，向西方向的山梁上爬去。

肩上的那个东西越来越重。

去刘家坟吧，去了那里你就能安息了，可惜了你那一身手艺了。

冷风在山梁上呼啸着，风中夹带着泥土的气息和石头的气息。

那天夜里，刘三一个人从刘家坟回来以后，地上铺满了一层薄薄的秋霜。

天空里飘动着无数猩红的树叶。

八

午后，踏着满地杏黄色的落叶，她穿过山区沉寂无声的房屋和村巷去水库边洗衣裳

一些脏衣裳在脸盆里堆起老高。

田野里空荡荡的了，视线之内到处都是收割过后的种种痕迹，土被翻得乱七八糟的，一些猩红色的树叶贴在地垄上，在风中发出一种嘤嘤咽咽的声音。

田野里和山冈上的路又瘦又白，纵横交错，有如遍布在手背上的条条血管。空空荡荡的路上刮着风，只有一辆缓慢的牛车吱吱扭扭地走着，冈上的荒草欣欣向荣。

走上山冈以后，她的一件杏黄色的衣衫迎风飘扬，恍如一面旗帜。

身后的村庄上空浮着一些安详的雪白的云彩，云彩下面是家家户户的高矮不一的黄泥的烟囱，起伏的屋顶。

她想起了那个星光黯淡的夜晚，那个女人用两只深陷的眼睛空空荡荡地望着她。秋风声中，那个女人曾经告诉了她许多的事情。那个女人说她现在住的那座有着杏黄色门窗的房子，在很久以前是一座紫红色门窗的房子，里面也孤身住着一个女人。那个女人比现在的她漂亮，比现在的她芬芳。那个女人常在夜深人静的时候用红绿色的高粱叶子编扎花朵，编织门帘和席子，每逢夏日炎热的夜晚时，那女人就睡在那张清苦的高粱叶子编织的席子上。紫红色的窗户外面吊着几只淡黄色的麦秸编织的蝈蝈笼，笼中的叫声宛如飞散的铁叶，

后来，有一年八月里的一天，天上淅淅沥沥地下着冷雨，一位拾粪回来的老头看见一匹白马驮着那女人向西远去了。

马的鬃毛飞散着，如沿途萧疏的林木。

圆形的水仿佛海上升起的月亮，当年西去的铃铛声苍凉而单调。她蹲在水库边低头翻捡那些脏衣裳的时候，她忽然听到了一声马的嘶叫。她抬起头，四周寂然无声，一种深深的油漆味如同弥天的大雾笼罩在平静的水面上，笼罩在附近的山冈上。

她把那些脏衣服堆在那片杏黄色的沙地上，在她哭泣着走入水中的时候，她看见马的鬃毛飘散而至，纷纷扬扬，像冬天里那场鹅毛大雪。

在她的身后，一丛灌木后面，一张梦游般的脸在浮现着，扩散着。

九

表姐的那座杏黄色门窗的房屋一直空着。

刘三从一个遥远的劳改农场回来后便住了进去。刘三后来告诉我说，那房子里的油漆味很重，一直驱不散。他喷了二斤“六六六”也无济于事，倒是他自己差一点儿昏死过去。他说，要不是一阵马嘶将他唤醒，他恐怕现在早就不在人世了。

你说那天晚上你听到了马嘶？我问他。

谁说不是，有一个人牵着一匹白马就在院墙外面站着。刘三说。

看清是谁了吗？

没看清。他说。

刘三说那是一个星光黯淡的夜晚，山区里既黑暗，又有雾，很浓很重的雾。

刘三站起身给我找烟的时候，从他的衣服口袋里忽然掉出一个东西，是女人们用来夹头发的那种东西。

刘三没看见那东西落在地上，屋里的光线太昏暗了，一开始我也没看见。

一阵破碎的脚步声从外面经过，我听见郭连长一路走着一路唱着，从漆黑的村巷里飘过去了。郭连长有五十多岁了，整日像一片肮脏的云彩一样在山区里飘来飘去。

也是这样的一个夜里，我坐在刘砍家里的一张吱吱扭扭的红木椅子上，

刘砍不在。邻村的一个会计的孩子过生日，刘砍和队长都

被请去了，午后就走了。刘砍和队长两个人踏着满地杏黄色的落叶，上了山冈，穿过水库上的那道石坝后就消失在西面的群山里了。

静静的山谷夸张着他们的每一声足音脚印。

那时候刘砍的哥哥刘义正一个人从水库旁走过。刘义是去碾子沟煤窑上挖煤，半夜才回来。刘义每天都要走在这同一条路上，沿路上的一切对他都十分熟悉。刘义每次走过水库时，都情不自禁地要闭上眼睛，他知道那水库里的水一直都是天蓝色的。

那时候我正坐在那把吱吱扭扭的红木椅子上。我一动，那把椅子就吱吱扭扭地叫，我不动，那把椅子也在吱吱扭扭地响。

刘砍的女人望着我。

刘砍的女人表情复杂地面对着我，那两道细长的眼睛像是睡着了。

那椅子不行了，你坐过来。她说。

外面一片漆黑，淅淅沥沥地下着冷雨。

刘砍今天不回来。她说。

我知道。我说。

刘砍明天才回来。她说。

我知道。我说。

透过窗户上的灯光，我看见了外面的雨影和一道高大的灰色砖墙。

她告诉了我一些关于我表姐的事情。她说，她最后一次看见我表姐的一件花衣服在山区里飘扬，是在一个霞光万丈的清晨，牛羊那时候都涌集在村口，荡起了弥天的黄尘，一些人正在井台上挑水。一个脸上有刀疤的男人在挑水时把水桶掉进井里去了，费了好大的劲也捞不上来。这时候，在村里蹲点的郭连长就过来了。郭连长每天清早起来后都要去村外或田野里散步，他穿着一件雪白的衬衫。郭连长对那个脸上有刀疤的男人说，你不行，让我帮你捞吧。郭连长把一根带铁钩的绳子顺到井里晃了两下后，那只水桶便湿淋淋地被捞上来了。郭连长咳嗽了一声，他说这井真深啊。

我望着我对面的这个女人。她的一条腿微微地分开，另一条腿侧着。

你表姐得的是相思病，想疯了。她说。

想谁?

那个油漆匠。她说。

你知道那个油漆匠现在在哪里？我问她。

她说她不大清楚，听一些人说那个油漆匠到外地去了，有人还见过一次，仍然背着那个灰色的帆布挎包，身上花花绿绿地沾着许多的油漆。

我站在表姐的坟前，坟头上有一束银白色的蒿草。

我来之前，一只雪白的山羊轻轻地从坟前跑了过去。

我来之前，郭连长已早在这里。我远远地就看见他围着坟堆在不住地转圈子，手里提着那杆木头枪。

我来保护她，我有枪。

看见我过去时，郭连长便举起手中的木头枪对我说。

说罢，他便端起枪做出一个十分标准的瞄准射击的姿势朝四周瞄了一圈儿。

谁欺负她？我说。

好多人，好多人都在打她的主意。他说。

郭连长的话使我大吃一惊。郭连长告诉我说，我表姐死的时候，有一个人正隐藏在她后面的一丛灌木后面望着。表姐的尸体被人从水库里打捞上来以后，还被人糟蹋了一回。糟蹋她的那个人正是打捞她的那个人，那是同一个人。

郭连长抽着一个烟头，一路走一路唱着，从水库边的山冈上飘走了。

有一个人正在不远处用一把斧子在叮叮咚咚地砍树，那个人弯着腰，但仍能看出他的个子很高，我认出是那个脸上有刀疤的男人，他后来也朝这边望我，脸上的颜色依然很凶，像一把凶狠的斧子。

田野里现在只剩一片一片的高粱了，紫红色的高粱头在风中齐刷刷地摇来摇去，呜呜咽咽地响着，像一群明火执仗的土匪，一群昔日里手持棍棒和斧头的山区土匪。

夜里，我听见郭连长骑着一匹马像一只绿色的蝈蝈一样在山区里叫着，飘来飘去。

太阳升起来以后，云龙打开后院里的那间紫黑色门窗的空房子，他的那匹木马不见了。云龙哭着说郭连长偷了他的马，云龙的额头上用蓝色圆珠笔画着一只蛤蟆。云龙一哭，那只蛤蟆便一跳一跳的，跃跃欲试。云龙的爹刘义说，郭连长？就是那个疯子？千万不要沾他，他要是沾上你就没完了，成天来家里讨饭吃，打发不走他。

在我将要离开气象村的时候，我看见西山上有一个人正蹲在那个马蹄形的泉水旁洗手，喝水。那人一直低着头，看不清他的脸。水库里的水还是天蓝色的，宁静而清远。

圆形的水有如一个无头无尾的故事。

不知道那张脸是谁的。那个人的脸一直没有抬起来，一直面朝马蹄，面向清水。

一九九〇年十月榆次

傍 晚

一

这天晚上吃过晚饭以后，沿着学堂下面的那条隐隐泛白的小路，我来到村外的树林边散步。眼下的季节已进入八月，秋高气爽，霜露遍地，风中弥漫着阵阵成熟的麦子的气息，远处已经看不到人影了，耸立在暮色中的那些高出地面的东西是码得整整齐齐的草垛、围墙和远去的马车。我站在河边，回忆着晚饭时的一盘微微发红的辣椒、它又尖又短、却辣得有些不可思议。

我蹲在河边，掬起清凉的河水漱口，浸在水中的青草的苦味停留在我的口齿之间。河水低声喧哗着从我的眼前流过，聆听着它的潺潺的声音，我就不再需要说什么了。多少年来，水声一直代替我说话，每当我有所表述的时候，我都会来到水边，在这里逗留一段时间以后，我就忽然平静下来了，不再想开口说话了。之后。离开河边，回到学堂，拿起书本和戒尺。

一阵窸窸窣窣的声音突然由远而近地传来……

我从河边站起身，向身后眺望，声音忽然消失了。

望着那片疏朗的树林，我想起了林中的那条灰缥的小路，即使是光线十分强烈的时候，那条路也仍然是晦暗的，路上的泥土永远泛着潮气，时常有飘忽不定的人影在那里闪现。去年春天的一个午后，我从学堂里出来，在距离树林不远的地方，我看到一个身穿白衣服的女人挎着一个竹篮，心事重重地走在树林中那条光线晦暗的路上…… 那时候春寒料峭，这一带的河流尚未解冻，田野荒芜，草木萧瑟，那个女人挽着一只空空的竹篮，在寂静而灰色的树林里干什么呢？

“陈先生…… ”

一个人突然来到我的面前，扬起的头发几乎飘拂到我的脸上。我看清了来人，是我的学生俞大兰，晚间的霜露使她的衣服和头发上挂满了冰凉的湿气。这会儿，她惊悸不安地站在我的面前，一只手紧紧地拽着我的衣袖。

俞大兰说出的一句话使我突然感到不安起来。

她告诉我说，她在这里已等了我很久了，至今尚未回家，更没有吃晚饭。她离开树林中那条光线晦暗的小路——那条路上的风声和树影使她感到害怕——，来到河边的一片稀疏的树从后面。不久以后，她看到我也从树林中的那条小路上走来，在河边掬水漱口，她清晰地听到了我用手拍打水面的声音……那时候她想从树丛后面跳出来阻止我，告诉我，眼前的河水很脏，整整一个上午和一个下午，放牧的人在这里牵着牲畜饮水，洗刷农具，村中的妇女在这里洗刷带泥的藕根，洗刷她们的内衣和鞋……

“我到来之前，”我安慰她说，“白日里的那些脏水早已流走了，这会儿河里流的全是新水，净水——像井水一样甜。”

俞大兰莞尔一笑。紧蹙着的眉头舒展开了。

她站在我的身边，身体在微微颤抖。在我所有的学生中，俞大兰显然是年龄最大的一个，她有十七岁？十九岁？在过去的那些日子里，面对这个像成熟的妇人一样的姑娘，我从来没有在课堂上当场提问过她什么问题，我不知道这是怎么回事。作为她的先生我时常感到自己有些羞于启齿……

“夜深了，”我对俞大兰说道，“你该回家去了。”

“让我回去？”俞大生吃惊地望着我，她的背后是缭乱的树影。“我连晚饭都没吃，就为了在这里等你。”

“等我？有什么事吗？”

“你别装蒜了，”俞大兰桀骜不驯地扭动了一下身体。“我不回去，我要跟你在一起，你去哪里我就去哪里。”

“为什么？”

“因为……”她忽然停顿了一下，不久又低声说道：

“我早就是你的人啦。”

什么！我的人？她说她是我的人？不知她从何说起？

我想起我平日对她的观察，无论从哪个方面来说，她的心思都不在功课上了，这个身在曹营心在汉的姑娘，时常魂不守舍地坐在学堂里。有时东张西望，有时面色绯红，学堂里琅琅的书声对她来说只是一种可有可无的用来遐思的背景，接连不断的遐思使她变得心猿意马，而她的某种时候的安详又如同灵魂出窍，那只是对于某个纷乱的梦境进行的一次短暂的抚摸或试探性的观望……

“俞大兰，”我对她说道，“你只是我的学生，我是你的先生。先生和学生……”

“你不打算娶我？”俞大兰转身面对着我，我闻到了来自她头发上的清凉的夜露的气息，那是已逝的无数个夜晚的一些碎片，现在，它们仿佛已完成了暗中的聚合，正在开始新一轮的分崩离析。

“那天……”她沮丧而失魂落魄地说道。“你为什么要摸我?”

我摸她了吗?

是的，我摸她了。

也许她说的是对的，一点儿不错，丝毫不差。

……那个残阳如血的午后，我在校舍里临写一幅残缺不全的明代碑帖，我多少有些执迷不悟，对于历朝历代的文学，我有一种近乎病态的钟情，那些虎背熊腰的字，那种萧瑟颓废的笔画，那种蛛网或稻田一样的结构，常常让我深陷其中，忘记了外面的世界，甚至常常不知今夕是何年。我多么希望有一只圣手将我的身体镌刻成一尊集历代大成的书帖，供后来的人临摹、研习。我出生十年以后的一个雨前的午后，我的父亲死在一座博物馆内的一条闷热的回廊里，其时，整座博物馆里到处可见他生前书写出的文字，他用一手刁钻古怪的技艺，在一块块最陈旧、最腐朽的材料上书写、镌刻他的拿手好戏——甲骨文，用以迷惑普通的看客和貌似懂行的学者。我出生后不久，他给我取了一个生僻而拗口的名字，没有几个人能读出那个字的发音和含义。我的母亲曾对他说，你给他取了那样一个名字，将来谁能认识他?……长大成人以后，我才知道那是一个怪异而矫揉造作的名字。

最初来到这个村庄里教书的时候，我用一根树枝在潮湿的沙地上写下了我的名字，围观的人们看过之后都摇着头走开了，他们当然不可能认识那个字，我将它一笔一画写在潮湿的沙地上。只是出于一种必要的礼貌，以得到芸芸乡党的认可。后来的日子里，这一带的男女老幼都开口叫我陈先生，这种叫法非常省事，既没有障碍又不拗口。在那些围观的人群中，有不少顽劣或乖巧的孩子，后来都成了我的学生，每日来到学堂里正襟危坐。聆听我胡诌。俞大兰那时也在其中。那时候她的身条已经很高了，只是整个人看上去有些瘦削，仿佛一阵风就能将她拦腰吹成两截。我记得她是一个容易脸红的少女，胸前的两只乳房像是藏在衣服里的两只桃子，还没有像现在这样完全发育成熟……

我打开那幅残缺不全的明代碑帖，注视着残留在上面的烟云和四分五裂的褶皱…… 俞大兰就是在那个时候突然推门走进来的，她哭哭啼啼的样子使我吓了一跳，那时候我想可能是有人欺负她了，她受了委屈。我从碑帖上抬起头，向她投去关注的目光。我肯定询问过她什么，但她似乎根本没有听见。她就那样站在一只椅子旁边，站在午后雾蒙蒙的光线里。从我的那个位置上望去，她看上去显得非常遥远，像一个几十年前的待字闺中的姑娘，一只手搭在椅背上，似在凭栏远眺……

我离开椅子，来到她身边，问她发生了什么事。连续不断的抽泣使她的身体上下起伏，波动如水，她的头发在一抹斜阳中有些接近透明。我把一只手放在她的肩上，对她说，俞大兰，别哭了，到底出了什么事？

这时，俞大兰突然停止了哭泣。

我感到无比惊愕：不知从什么时候起，我的那只手已离开了俞大兰的肩头，来到了她的腰间……老天作证，对于这件匪夷所思的事情，我简直毫无察觉——现在想起来，我仍然不明白我的那只手为什么会失去本分——可这会儿，要想抽身离去，已不那么容易了。俞大兰向后仰着。事实上，我一直在暗中托着她的身体，仿佛她是一个落水之人，在我的重托之下，眼下正在缓缓地浮出水面，领受阳光的照耀与微风的吹拂……

门外传来的一阵由远而近的脚步声结束了这段近乎窒息的水深火热的时光。这时，她突然转过身来——

我吃惊地望着眼前这个面带酡红的姑娘，我听到了放学的钟声……

二

天还没有黑的那时候，我正在屋后的菜园子里扑蝴蝶，忽然听到了母亲的喊声。穿过一片疏松的菜畦，我回到家里。

他们都在。我是说我的父亲和母亲。这会儿，他们就在屋檐下，像是在观望天色。傍晚时分的天空是晴朗的，不像他们的脸色那么阴沉，天上仅有的一片白色的云彩看上去像是河边的沙子，那些红色的晚霞看上去也像是沙子—— 一片向上延伸的沙丘。

“你在那边干啥呢？”母亲直盯盯地望着我，“你也学野了。”

“捉虫子。”我说。

虽然他们是我的父母，可我就是不喜欢看到他们这种样子。太阳向西出溜着沉去，大地上一片昏黄，几根青藤像柔软的绳练一样在墙上拂动，飘扬。我忽然有了一个主意。他们动不动就对我这样不客气，想说就说，想骂就骂，我为什么就不能让他们惊吓一次呢？我想好了主意。立即告诉他们说：

“菜叶上爬满了虫子，密密麻麻的，像蚂蚁一样，园子里到处都是。”

“虫子？”

我看见母亲的脸色变了，我知道我的话在她身上起了作用，我期望的正是这个。他们担心的是虫子，而不是我。我倒要看看他们会怎么样。

果然，母亲对父亲说道：

“要不。你去园子里看看？”

“我不去，”父亲粗鲁地对他的女人说道，“你想去你去。”

“园子里…… ”母亲嗫嚅道。

“晌午的时候，我去过一次了，园子里连个鬼都没有，哪来的虫子？”

父亲说着，十分不相信地盯着我，似乎要在我的脸上找到一些线索或者证据。盯了一会儿，忽然对我说：

“只有几只蝴蝶，是吧？”

“嗯。”

我只顾琢磨如何对付他们，却没想到父亲会突然说起那里的蝴蝶。他一定看穿了我的名堂。我来不及多想就点了点头，像是被人捉住了一样，很丧气地答应了一声，算是印证了父亲的所说。我想起人们常说的姜是老的辣，如今看起来，这话一点儿不假。我还没看到那时候，我十三岁了，我这个年龄，正是一个慌里慌张的时期。

“小兰，”母亲忽然换了一种口气，“看见你姐了吗？”

“没看见。”

“她好像被谁勾走了魂……”她说。

“又在胡说。”父亲在一旁说道，“她那么大了，就不能出去走走么。你有时候也不在家，也是被勾走了魂？”

我来到河边的一片树丛后面，有几个人正在傍晚的河边洗刷农具。天色越来越暗了。我站在一片柔软的紫荆后面，眼前遮挡着一片浓密的枝叶。我能听到那几个人在河边说话的声音，但看不见他们的脸和身体。这会儿，他们似乎在谈论一件十分奇怪的事情，却没头没尾，我只听到了中间的几句。那不关我的事。不久，我就不再留意他们说的那些话了。

河边的蚊虫很多，它们在我的头顶上面一群一群地飞着，像一片扬起来的沙子。我面前的树枝这会儿看上去黑乎乎的，湿漉漉的，白天的时候，它们的颜色是淡红的，紫色的，里面包裹着一根根黄白的棵子，像人的身体。我伸出舌头，朝面前的一根紫荆舔了一下，它们很凉，很苦。我缩回了舌头，闭上嘴。

有人从树林那边过来了。

我看着那片坐落在河边的稀稀落落的杂树林子，树林中有一条潮湿的小路，一年四季，那条路似乎从来就没有晴朗过一次，一直都是那样阴沉沉黑乎乎的，无论任何时候走在那条路上，都像是走进一个傍晚里一样。我不知道那是怎么回事，太阳的光线从来照不到那里。

母亲让我出来找大兰回家吃饭，我从家里出来后就来到了河边。大兰是我的姐姐，我当然知道能在哪里看到她。但我不会把这种事情告诉母亲，她有时候啰唆得让人厌烦。我更不会把我知道的事情告诉父亲，我一点儿也不喜欢这个男人。假如他不是我的父亲，我都懒得跟他说话。他贪心，懒惰，奸诈，粗暴，冰冷，愚蠢，心胸狭窄…… 我常常纳闷，母亲为什么会嫁给他？也许，他们都是同一条路上的人？她常说不是一家人不入一家门，这是什么意思？换了我，宁可上吊，当一辈子老姑娘，也绝不会嫁给这样的男人。

河边忽然安静下来了，那几个洗刷农具的人已经离去了，我曾隐约听见了他们的大声咳嗽的声音，像是要把肚里的苦胆呕出来。在我看来，他们和我的父亲一个样，都是一些大同小异甚至一模一样的人，他们擤鼻涕的样子真让人恶心。

这时，我看见大兰了。

她心不在焉地在河边走来走去。看样子，她早就来到这里了，一直隐藏在附近的暗处，等那几个洗刷农具的人离去以后，她立即变戏法似的出现在河边。

她在等那个人。

透过眼前稀稀拉拉的树丛，我真想朝她大叫一声。从春天的时候开始，我就知道她害了相思病。相思让她变得失魂落魄，心绪不宁，干什么都干不到心上，经常半途而废。相思又让她在短短的几个月内变得像狐狸一样鬼精鬼精，还让她学会了隐藏自己，不被别人发现。母亲说她的魂让人勾走了，她可算是说对了，一点儿不错。母亲偶尔也有她不愚蠢的时候，比如这句话就说得很准，早在我没有察觉到姐姐的行踪之前，她就已经猜测到这些了。母亲是怎么猜测到的？凭经验？凭她是过来的人？

在河边停留了一阵后，大兰突然像一片树叶一样消失了。

分开眼前的树枝，我望着河边空荡荡的地方，四周的树丛有高有低，河对面的山上有一点亮光在移动，像行走的鬼火。

……

那个人来了。

他是沿着树林中那条阴沉沉黑乎乎的小路慢慢来到河边的。不久前，大兰也是从那边过来的，他们都已走熟了那条潮湿的路，他们走在那条路上的时候，似乎一点儿也不感到害怕。我知道这是为什么，因为他们的心里都有一个字：爱。爱使他们变得无所畏惧，目空一切。我的心里没有爱，我走在那条路上时，常常会感到恐怖，头皮发麻。一个雨后的黄昏，我惊慌不安地跑出那片湿漉漉的杂树林子里，跑回家里时，篮子里的蘑菇全部掉光了……

那个人在河边停住了。

他蹲在河边洗手，轻轻地往脸上撩水，夜晚的河水在他的手势中发出一阵低远而清晰的哗哗的响声。接着，他从河边站起来，甩动手上的水珠，东张西望。

“陈先生……”

我在树丛后面叫了他一声，他听到了有人在叫他，身体像风车一样在原地转来转去。他显然没有发现我。我们都是他的学生。他是一位忠于职守的先生，循循善诱，诲人不倦。

我听到了河水的响动，水声溅起来，接着又落下去，像是有人在河边洗脸、戏水。河边这会儿只有陈先生一个人，他正在那里四处张望。我知道他在干什么，他在搜寻那个喊他的声音。那个声音是我发出来的，我站在树丛后面，他的眼睛望穿了也看不到我。我没有别的意思，我只是想那么喊他一声。他的身体转动得像风车一样，两只手垂放在身体两侧，显得无所事事而又蠢蠢欲动。我的那声短促的叫声害苦了他。我盯着他的影子。这会儿，他看上去……像一个灵魂……出窍的人。

他忽然停止了转动。

这时，我看见大兰——整个晚上以来，她时隐时现，忽远忽近，简直是一个不散的魂魄——出现在他的身边。他们站在那里，距离很近，像两棵生根于同一年的树。

陈先生不再向周围张望了，他一定以为刚才是大兰在暗中叫他。如今，那个一度令他迷惑不解的声音化作一个清晰可触的身体显形在他的眼前，他放心了，随即举起一只手在脸前做了一个意想不到的动作。

他们站在那里听着河水的声音。水声像是村庄的呼吸。

不久以后，天更黑了，我看不见他们了。

只能听见他们说话的声音。

“你说嘛。”

“俞大兰，我真的不能娶你。我有结发之妻，还有一双儿女。”

“我的妹妹和母亲正在四处找我，我有一天没回家了。”

“我从学校里出来的时候，在村口看见你母亲了，她穿着一身黑衣服，正和另一个女人在说话。我没看到小兰。”

“你打算怎么办？"

“我没打算。”

“那我怎么办？"

“你不能这么想问题，事情本身不是你想的那样。 ”

“你就是这么想的？”

“唉，不知你为什么要这么想。”

“你就是这么想的？”

“你是一个好姑娘，以后会有你自己的生活和前途。”

……

水声越来越远了。

我睁开眼，从湿地上站起来。周围一片寂静。我听不到他们说话的声音了，在我打盹的时候，他们好像已经走远了。

树林中有一点昏黄的亮光。

我望着那个亮斑，它似乎固定在树上，从这里望过去，像一只疲倦的眼睛。我的眼睛好像有毛病了，它一动不动。

他们不在这里了。

我闻到了身后的村庄里飘来的睡眠的气息。我该回家了。

母亲又该说我了，说我也学野了。我不怕她说我。也许，这会儿她早已睡着了。

走出树丛，我看到大兰躺在河边的草地上。

三

修好最后一道栅栏的时候，天已经差不多全黑了。

我从地上站起来，舒展了一下肿胀的筋骨。一只狗正在低头舔舐我身后的那摊血迹。今天早上，天不亮的时候，这摊血迹就在那里了。我起来后发现少了一只羊，树生说昨天夜里他听见一阵嚎叫，很有可能是狼进了村子里。这个小子，人还没有长大，就已经学会扯谎了。不过，我也想到那可能是一只狼——一只两条腿的狼。

眼下，无论从哪个方面来看，世道都越来越不太平了，男人女人也都不再是那么回事了。早上起来，我开始加固羊栏，又让树生去买来一把锁子。锁子又大又黑，像一堆生铁。其实我早就该留意到这些漏洞了，但就是想不起来，我也不知道我每天到底都在忙些什么，就这样一天一天地往下混吧，过一天少一天。

我朝屋里喊了几声，没人答应。树生不在家里，不知什么时候又溜出去了。

加固好羊栏以后，我感到肚子饿了。我忽然想起我们已经有两天没有生火做饭了。前天下午，我的老婆又跑回她娘家去了。这个女人，每次与我生气以后，都要挟起一个包袱，跑到她的娘家去住一段日子。以往都是我赶去那里，向她赔罪道歉，然后赔着笑脸将她接回来。这一次，我已打定了主意，她再也休想让我去接她回来了，只要她能沉得住气，她愿意在那里住多久就住多久。我不会再去了。我想，她不回来也许更好，家里就剩下我和树生两个人，看上去反倒显得清净省事。我不明白她神气个啥，除了动不动就往娘家跑，她几乎一无是处。有时候我想，这样的日子，我有些过够了。

这会儿，我撵走了那只嗜血的狗，开始生火，准备一顿真正的晚饭。干了一天，羊栏已彻底加固好了，我和树生也该好好吃一顿饭了。——我要让她看看，家里没有女人，我们他妈的还能不能吃上一顿像样的饭。

我在烧火的时候，听到了学堂里放学的钟声，钟声像一种暗红色的线索，在傍晚的村子里游荡、飘移。钟声越过对面的高耸的屋脊，向这边传来，我的眼前飘满了铁锈的气味。

大约一个月前的一天，学堂里的陈先生忽然来到我家，那时候我正在院子里剪羊毛，我的周围到处都纷纷扬扬的，如同飘扬的鹅毛大雪。陈先生是来让我家树生去上学的，他说树生是个聪明的孩子，说我是一个明白人。我当然明白，树生看样子也很明白，他得知这个消息后，吓得一整天都躲在外面，不敢回家。三岁看小，七岁看老，树生已经十二岁了，据我看，长大以后，他十有八九也是一个不让人省心的角色。不过，那时候我可能早已不在人世了，天塌地陷也与我无关了，他多放几把火，多杀几个人，也未必不是一件好事，这样的世道，他妈的…… 不久以后，陈先生走了。他来的时候看上去很高兴，眼里还流露着一种光泽，离去的时候满脸没意思，心灰意冷。他一直坐在我的身边与我说话，还帮我递剪刀、撸羊毛。临出门时，我忽然瞥见他的背后的衣服上有一小撮羊毛，我顿时犯了踌躇，他是学堂里的先生，为人师表，文质彬彬，这样走到街上，一准会遭人笑话…… 想到这里，我忽然起身从后面赶上了他。

他走得很快，已来到街上。

"陈先生——"我叫道。

"想好了？"陈先生闻声回过头来，脸上的那种灰灰的颜色一扫而光，用一种惊喜的目光上下打量着我，对我说道。

"这么说，您决定让树生上学了？您真是个好人。"

"陈先生，你的背上有一撮羊毛。"

我说着，将一只手伸到他的背后，帮他取下了那撮显眼的羊毛。我可不管他乐意不乐意，不干完这件事，我会坐卧不安。

"好啦，"我把那撮羊毛捏在手里，心满意足地对他说道，"没事了。"

我站在家门门，看着他离去。

现在，我来到村口。

吃过晚饭以后，我感到心里很空，仿佛五脏六腑都被人掏走了。我来到晚间的村口，只是想看看由此路过的一些女人。

村子里飘满了烟。

我远远地注视着那坐落在河边的杂树林子。一段时间以来，我经常望见一个穿白衣服的女人在那片树林里走走停停。我以前从未见过这个女人，她有一副很好的身段。我不知道她一个人在那里干什么，经常在树林中的那条阴暗潮湿的小路上闪现，飘来飘去，宽大柔软的白色衣袖拂动起来，如同古代的神仙。

看见过她的人不止我一个，他们说她是一个河边的鬼魂。说实话。我不认为她是一个鬼，尽管那一带常常埋葬死人。就凭她那种迷人的身姿，我也不会将她看成是一个鬼。如今这个世道，人比鬼多，人比鬼厉害。到处都是清一色的人，根本不会有鬼神的立足之地。生活在这样一个世道里，你就是想神秘一下也办不到，因为，这是一个没有秘密，没有廉耻的世道。我纳闷的是，她是从哪里冒出来的？为什么近来常在这一带出现？这样的一个女人，要是将她带回家里……

我想起了那个雨前的下午，住在街对面的一个女人来我家借一把裁衣用的尺子。她快要出门的时候，我忽然挡住了她的去路，挡住了从外面进来的光线。她红着脸，低头站在我的面前。

那时候树生正在屋里。我得想办法把这个碍手碍脚的小子尽快打发出去……我向窗外望了一眼，忽然失声叫道：

“快跑，陈先生又来了——”

树生听到我的话，立即从后门跑出去，消失在墙头那边。

……

傍晚的空气中飘来一阵琴声。

我抬起头，看到是学堂里的陈先生。这会儿，他正在那里吹口琴。我能看到他，他看不到我。他的身边有一棵树。

一个梳着两条小辫的小姑娘从我的身边跑过去了。我看了一下，好像是俞继先家的那个小闺女，年龄看上去和我家的树生差不多大小，也有十二三岁了。现在，沿着晚间的轮廓模糊的田野，她向河边的那片湿漉漉的树林边跑去。天这么晚了，她往那里跑什么呢？

在村口的水塘那边，两个梳着圆髻的女人正在说话，晚间的清风拂动着她们黑色的衣衫。现在，她们忽然停止了说话，一齐转过脸，眺望着河边的那片树林。

她们朝那里看什么呢？我留意了一下她们的表情，从那两张模糊的脸上简直看不出什么名堂…… 不过，树林那边似乎发生了某种不寻常的事情。我想起了这个晚上以来的一些征兆。也许，与树林中的那个女人有关？

我来了精神。

这时，树生突然出现在我的眼前，把我吓了一跳。他像是从潮湿的地气里冒出来的，两只乌亮乌亮的眼睛望着我。这样凉爽的夜晚，他的头上却冒着热气——我闻到他头发上的那种带有土腥的毛茸茸的气息了，像雨中的一只小狗，潮湿、温热，扑面而来——

"爹——"

"怎么回事？"

我让树生去树林那边看看，到底发生了什么事。我告诉树生说，我哪儿也不去，就站在这里看着他，我不走开。

"我不去，"树生摇着头对我说道，"…… 他在那里。"

"谁？"

"陈先生。"

什么！陈先生也去了那里…… 我伸展了一下手指，我感到手中忽然变得湿漉漉的。我把手放到脸上的时候，发现鼻尖也湿了。我不知道这是怎么回事。我想叫喊一声——

"爹，你出汗了。"树生说。

“我没出汗。”

我本来不想对孩子扯谎，可这会儿…… 我向四周望了一阵。弯下腰告诉树生说，赶快回家去找一只灯笼。没有灯笼马灯也行。树生看着我的脸，奇怪地问道：

“爹？ 我们要去哪里？”

“去看戏——”

我匆匆说了一句，立即转过脸去。我的嘴仿佛被晚间的风灌满了。

树生向远处跑去。

树生提着一盏马灯，像一个初涉人世的小鬼一样走在我的身边。夜深了。我们来到了树林中这条终年不见阳光的小路上。我一边走，一边伸出一只手摸着树生的头。树林里静悄悄的，只有我和树生。来到这条阴气袭人的路上以后，我有些后悔了，我不该让树生也同我一道来，该让他留在家里才对，我这个当爹的……

“爹，”树生小声对我说道，“这里好像刚刚下过雨。”

“住嘴。”

树生将手里的马灯挂到旁边的一棵树上。树枝比他高出一头，他踮起脚尖才将灯挂好…… 我向前走去，树生也在向前走，我们都把那盏挂在身后的灯忘记了。有一阵子，我忽瞥见周围有一圈亮光。我还感到奇怪。

树生不在我的身边了。

我停下来，抬起一只湿漉漉的手擦着脸上的水，越擦越湿。

我听见河水的声音了。

我前面的枝叶突然簌簌地蠕动起来……一个影子钻出来——

是树生。

“爹，”树生喘着气对我说道，“河边有一个死人……”

一九九四年八月

引　渡

戴帽子的人被自己的凌厉的妻子从家里赶出来以后，怀着阴郁而无奈的心情在雨前的天空下盲目地徘徊。这个连内衣都没来得及穿好的人，临出门前匆匆忙忙地抓起一件穿了多年的松松垮垮的外套，胡乱披挂在身上。家离他越来越远了。不合体的衣服像旗帜一样穿在他的身上，仿佛是从别人那里临时借来的，衣领苍瘪塌陷，衣襟不住地翻飞飘扬。

戴帽子的人走在一条熟悉的街上，一边东张西望，一边腾出一只手按住飘动的衣服。这个时候很多人还都停留在睡梦中，戴帽子的人却早早地出现了。每次被从家里赶出来以后，戴帽子的人总是一个人到处乱走，没有人收留他、容纳他、给他一个说话甚至哭泣的机会。从没有人主动问过他什么，他一个人到处走，几乎什么都看。看山，看树，看别人结婚、出殡，看奔驰的汽车和散落在山冈上的牛羊。不知什么时候，他喜欢上了汽油的味道，每当有汽车从身边驰过时，他便跟在汽车后面小跑，被笼罩在烟尘里，艰辛而愉快地追逐着汽油的味道。他认识各种各样的牛粪，从它们的颜色能准确地推断出它们落地的时间和被风化的时日。在戴帽子的人的印象里，有一种在阳光下晒过十几天的牛粪，无论从哪个方面来说，都很像是商店里出售的一种点心，有一种很好闻的气味。这样的食欲已不是偶然的冲动了，他常常想弯下腰去，捡一块尝尝。

“尝一下吧，就尝一下。”戴帽子的人自己对自己说。

那么多的散发着好闻的气味的点心，却从来不见有人来与他争夺。幸福的感觉从哪里来？是从无数个方面洇出来的，渗出来的，并不一定都集中在婚姻、家庭和个人的成就上……随着时光的流逝，戴帽子的人越来越清楚地发现：事实上遍地都是幸福，关键在于你会不会捡，是不是能够善于发现，是不是识货。

戴帽子的人有一个外号，那个外号在很多年里，在很大程度上，实际上已代替了他的真实姓名，所有的人，包括他的家里的人都这样叫他。养花花死，种麦子，麦子长不高，刚抓回来的精力旺盛的小猪，两三天内便会像病孩子一样不明不白地死去。他的那双带着不祥之兆的手，已有很多年没有挨近过妻子的身体了。她经常远远地盯着它，怕它给她带来意想不到的灾难，厌恶地称它为爪子。拿开你的爪子！不要再让我看见你的爪子！每逢那种时候，戴帽子的人总是小心翼翼地把自己的那双不祥的手藏起来。

大约中午时分，戴帽子的人来到一堵发黑的土墙前，从墙上的一个豁口里望出去，能清楚地看到他的家。刷过油漆的家门是关闭着的，院子里很寂静。戴帽子的人站在豁口上张望了一会儿，既没有看见他的妻子，也没有看到他的儿子和其他的人。戴帽子的人想，这会儿也许他们正在吃午饭，坐在桌子前，把自己喜欢吃的东西不断地夹到碗里。他不知道他们今天在吃什么，他想凭借自己的嗅觉证实一下，但是等了好半天，却只闻到一种阴雨天的气息，地上的潮气笼罩着他。

他趴在豁口处，继续朝自己的家里看。他相信过一会儿，总会有人要开门出来。

这时，身后不远处忽然传来一个女人的清脆的说话声：

“谁在那里站着？”

一个男人说：

“是那个倒霉的家伙。”

戴帽子的人很清楚他们是在说自己，便回过头去看，可是就那么一会儿工夫，说话的那两个人已经消失了。

一只鸡在那里扇动着翅膀，像一个正要脱去外衣的人。

从附近一些房子里不断传来人们的说话声，戴绿帽子的人注意地听着，一种古怪而平静的表情停留在他的脸上。其实，一直以来，无论是别人在说什么，无论是谁在说，许多的话题都与这个戴帽子的人没有任何关系。

现在，他的头像向日葵一样不停地转动着，他在寻找乡村上空的熟悉的炊烟。他以为这个时候正是中午时分，所有的人都回到了自己的家里，正在吃饭。这个从来没有戴过手表的人，多年来一直根据太阳的位置和光线的强弱程度来判断时间，估计一天又一天的时刻。对他来说，每一个阴雨天都是他最糊涂最混沌的时候，不知道时间，失去了早晚，甚至一切都仿佛失灵了，生活变得模棱两可，无凭无据，同时却又错误百出。有时候，他突然发现自己不在生活里了，不知被什么东西甩到了一个荒无人烟的位置上。他梦到过一头功大于过的猪，一头有恩于他的猪，他骑在猪的身上，穿街过巷，像一位骄傲的将军，所有的人都在小声说话，脸上保留着故人的微笑，而他则一个都不认识他们。屈指算来，他已有很多年没有碰过任何一个女人了，那样的不声不响的湮灭被他看成是一种长期的准备和积蓄，就像他认真而耐心地埋伏在垄下，等待偷玉米的人出现一样。

戴帽子的人站在墙上的豁口前，怀着一种复杂的心情看着他的家。有一瞬间，他仿佛看见自己的魂魄从身体里分离出来，正在那个熟悉而寂静的院子里积极地逡巡、飘走，一些突兀而参差不齐的声音在他的记忆里回响着。

在晦暗闷热的天空下，在枣树的接近于鲜花般的香气里，几个身份不同的人开始陆续登场，先后出现在戴帽子的人的记忆里。裁缝、牙医、木匠、邮差、教书先生，他们的遥远而不死的形象深深地刺痛了他的眼睛，使他感到很伤脑筋，脑子里越来越乱，甚至有些不听使唤。尽管一直站在墙上的豁口前，他仍然没有多少凉爽的感觉。

戴帽子的人想起了一件与木匠有关的往事。木匠曾经用他手中的一柄斧子斩断了他的去路。还有裁缝、牙医、邮差和教书先生，对这些人的思念与追溯，使戴帽子的人忘记了自己已经有整整一天没有吃一口东西了。

戴帽子的人像一头雨前的耕牛一样在熟悉的街巷里穿行着，他的步伐象戏里的碎步，一路上发出无数窸窸窣窣的声音。远远地他就听见一阵叮叮当当的斧凿之声，声音隔着一些潮湿的树木飘过来，使戴帽子的人忽然感到嘴里被塞进一块坚硬的东西。这之后，他渐渐地让自己慢了下来。

木匠住在一个没有院墙的院子里，院子周围的一些树木成了他天然的不花钱的围墙。在这个空气十分闷热的中午，在一场大雨即将来临之前，木匠正在自己的院子里为别人赶制一口棺材。有两个戴着白色孝帽的人像监工的把头一样站在木匠的周围，不消说他们就是死者的家属，是代表死者前来监制、查验并取走棺材的人。

戴帽子的人站在几棵树的后面，正在埋头做活儿的木匠和死者的两个家属都没有发现他。木匠忙了整整一个上午，连晌午的饭都没有来得及吃。做一会儿活，他就条件反射地抬起头看看乌云密布的天空，他的心情比死者的两个家属更为焦急、难过。大雨一旦下来，他立刻就没有任何办法了。在几十年的木匠生涯中，他还从来没有将一具做了一半的棺材拿回屋里去继续做。制作棺材毕竟不是修理一只手表，可以坐在屋里在腿上做，在手里把玩。再说，棺材是什么东西，美丽吉祥的器物？哪能随便拿回家里做？

在戴帽子的人到来之前，木匠和死者的两个家属曾有过一次不愉快的摩擦。木匠抱怨他们没有及时地通知他，让他措手不及，另外做棺材的木头也姗姗来迟。两个戴孝的人反问木匠：我们应该在什么时候通知你？一年前？三个月前？昨天下午，我们的人还好好的，还在高高兴兴地数钱呢。死者是在数完钱以后的几个小时里突然气绝身亡的。木匠消除了误会，对他们说，我尽量往前赶就是了，我什么也不怕，就怕下雨。

不久以后，木匠的一只手忽然破了，白色的棺木上顿时就留下了他的鲜血。一个人从自己的孝帽上撕下一块白布替木匠包扎伤口。他一边急躁不安地跺着脚，一边劝木匠，别着急，别着急。木匠说：

“我不着急。我从来没有弄破过自己的手。”

木匠急忙用另一只手去抹自己的血，却不料血从手指缝里漏出去，白色的棺木上突然又留下了一片红色的擦痕。

木匠看了一眼，不安地对一个孝子说：

"我把他的棺材弄脏了，你爹肯定要骂我了。"

戴帽子的人站在木匠门前的树木后面，眼前的情形使他相信至少在今天之内，木匠不可能腾出时间再去干别的事情，他已被牢牢地拴在了那口未完成的棺材上。

穿过一条水沟以后，戴帽子的人来到裁缝的门外。

镶着两颗银牙的裁缝正在为一个身材玲珑的女人丈量尺寸。量着量着，裁缝忽然感到眼前黑了一下，他抬起头朝门外看了一眼，目光很快又落在那个女人的身上。女人的肩宽、袖长和腰围已经丈量过了，裁缝在一个小本子上匆匆记下一些时间般的数字。接着，裁缝蹲下来，将女人的两条腿拉近，几乎贴到了他的脸上。裁缝的一只手从女人的小腿上开始上升，一直延续到她的两条大腿中间，忽然在那里停住了。"这里尤其需要严紧，"裁缝用沙哑的声音对女人说，"不但要格外讲究，也是最见功力的地方。国际上目前都这样。一个好裁缝往往能在这里做出真正的文章，显示出他的能力，只有那些不会做衣服、不理解身体的小裁缝才会为锁边、衬里一类的鸡毛蒜皮的事大伤脑筋。"

裁缝的手停顿了一下，问道："你说呢?"

女人挺着胸，仰起头，半闭着眼睛，很劳累似的对裁缝说：

"我没意见，你看着办吧。你想怎么做就怎么做，做好为原则。"

"那好，请转过来一下。"

以裁缝的那只手为轴心，女人的身体忽左忽右地转动着，三十度，九十度，一百八十度……女人面色潮红地对裁缝说：

“还要往哪里转?”

裁缝听到女人的声音里充满了喘息，十分温存而理解地对她说：

“回到先前，还保持四十五到六十度那个姿势。”

很快就要丈量到她的突出的后半部分了，裁缝忽然想起一件什么事，从地上几乎是爬着站起来。裁缝走到门外，先看了看头顶上那晦暗无边的天空，又看了一眼戴帽子的人，朝地上啐了一口，然后砰的一声关上了裁缝铺的门。

第二次穿过那道浮着落叶的水沟的时候，戴帽子的忽然想起了自己的妻子。在他的印象里，她时常对这位细致入微的裁缝赞不绝口，现在，他似乎看到了一些初步的轮廓。

他的影子在水里晃了一下后，很快便不见了。

大约十几分钟以后，戴帽子的人来到了牙医的诊所里。

在去往诊所的路上，戴帽子的人已经扑了一次空：那位戴眼镜的教书先生近日回老家去了，再过十几天，也许一个月以后才能回来。戴帽子的人听到这个消息后，忽然感到身上有一种东西被抽走了，他慢慢地走着，身上有一种很木的感觉。

那时候地上已经湿了，酝酿了一个上午的雨终于下了起来，周围一带的树木开始发亮发绿，但戴帽子的人没有发现。戴帽子的人有一种隐隐约约的预感，觉得自己不知什么时候有可能会变成乡间的一棵枣树，结出许多很涩很木的枣，那样的枣，注定不会有任何人喜欢吃，也压根就不能吃。如果变不成一棵枣树，也一定会成为一个糠心的萝卜。

戴帽子的人这样想的时候，忽然又想到了死。他在过去的一些年里想到过死，但多数的时候还是觉得活着好。他经常对自己说，就这么糊里糊涂地活着吧，死了也不见得就有多大的意思。他为自己设计过很多种寻死的方法，但最终都因不合理而一一地被他推翻了。比如站着或者头朝下跳到井里，投井而死，即使他后来被打捞上来，那口井也会因此被废弃，周围的人吃水就得到很远的地方去挑。害人不说，无论任何时候只要一说起来，一想起来，人们都会没完没了地骂他。他倒不在乎别人骂，这样的事对他来说，早已成为一种习惯，但是他不想这样去死，更不想有哪一口井因为他而遭到报废。再比如横死在路上，势必要连累过往的人，而他们中间的某些人是无辜的。除了这些以外，在家里上吊，悬梁自尽，家从此就会成为凶宅，妻子和儿子如何在那里继续居住？那样的一处曾经死过人的不祥的房子，平时甚至都没有一个人愿意从它的前后或者周围一带经过。

"该打一仗了。"戴帽子的人想。

历史的经验值得注意，历史的经验无数次地表明，人，只有死在战场上，才不会对任何人构成困扰或者祸害，也不再是个多么阴森恐怖的事。一个人，一条命，不再是一个平时以为多么严重和严肃的问题，而只是一长串数字中的一个数。与此同时，还有一个更加令人感到安心的事实，那就是，无论别人把你打死，或者是你把别人打死，都不会被追究，都不需要逃跑或者躲藏，因为那会被认为是一种真正英勇的英雄行为，不仅你或者打死你的那个人不会被当作杀人犯论处，反倒还会受到表彰和嘉奖。是的，一定要大力地进行表彰和嘉奖，多么英勇的战士，奋勇杀敌，可歌可泣。

牙医的诊所坐落在河边，两间像雪一样白的平房外面悬挂着几颗巨大的牙齿，巨牙是用红白两种颜色描绘出来的，其中的一颗已剥落得如同形销骨立的螺丝钉，那是用来做反面教材的，一个可怕而后果严重的例子。一块四方的小木牌上这样写着：这里有无数的好牙，白得像鸽子，亮得像闪电，拿着你的坏牙，可以得到这里的好牙；坏牙还可以随身带走，留作纪念。如果对所有的旧牙都不满意，马上就会又有一副前所未有的新牙。

最下面的一行用小字写着：在某一颗牙上包上白色的金箔，可以得到一颗金牙。

雨丝飘到戴帽子的人的脸上和身上，使他突然获得一种仿佛从未有过的凉爽之感。

戴帽子的人没有发现天上正在下雨，而是以为凉爽的感觉来自于河边的潮湿的空气和稀疏的树木。在这个空气怡人的地方，勤劳的牙医不知先后专注而又马虎地看过多少人的嘴，各种各样的气息时常像透明的胎衣一样包围着他，使他在无数次的冲动与疲倦中不断地忘掉白房子外面的一切。

戴帽子的人从两颗巨大的牙齿下面走进去的时候，忽然感到一丝莫名的疼痛，一种被轻轻咬噬的感觉正在他的身上惊走、流窜。他承受着扩散带来的不适，如同站在厄运的面前，首先映入他眼帘的是四条忽明忽暗的腿——

透过一道轻薄的白色帘子，戴帽子的人觉得自己看到了牙医的身体。虎背熊腰的牙医，身体前倾，正在认真地看着一个人的张开的嘴。戴帽子的人听到自己的心跳得很厉害，他没有看到另外那个正在接受诊治的人，但他认为一切都已经够了。只要牙医在他的诊所里，那就比什么都好。

从那间白得像雪一样的房子里出来后，戴帽子的人惊愕地看到外面正在下雨。房子前面的葱郁的树木在雨里摇晃着，一些柔软的细枝上下翻飞，仿佛绕乱了的线团。

雨水顺着白色的山墙流下来，像透明的草帘一样一直垂放到墙根下。

戴帽子的人在雨里走着。他站在一条大路上守望了一会儿后，开始相信自己不可能遇到那个戴着一顶绿帽子的邮差了。纵有十万火急的事情，邮差也不会在这样的天气里出来，一个镇一个镇地过，一个村子一个村子地走。邮差是一个比较固执的人，说出来就一定会出来，说不出来就肯定不出来。

戴帽子的人站在雨里，问自己：

“他说过要出来吗？没说。”

“他说过不出来了吗？好像也没说。”

戴帽子的人犹豫不决地站在路边，松松垮垮的衣服突然不再像飘扬的旗帜一样在他的身上晃荡了，不知什么时候早已贴紧了他的身体，像一件紧身衣一样使他感到有些害羞。他想，我什么时候穿过这样的衣裳？

不久以后，戴帽子的人开始在雨里跑动起来。他听到了由远而近的雷的声音。他抬起头朝天上去看，雨水自上而下地直接灌入他的眼里，使他只看到一片浓稠而橘黄的光，无限的黄光之外没有任何一种附属物与衔接物，从浓稠到橘黄，从橘黄到浓稠。

“雷声有时候很像是过路的飞机……”

戴帽子的人这样想着，摇摇晃晃地跑在灰蒙蒙的雨雾里。在他之前，已经有两个湿漉漉的人在前面了，他们正在一边奔跑，一边尽量躲避着雨水。后来，他们看到有一个人闭着眼睛，跌跌撞撞地也跑在雨里时，两个避雨的人都被吓了一跳。

戴帽子的人想起有一年邮差把黑暗带进了村里。

他很认真地呼吸着，很认真地将脸上的雨水仔细抹去。他看了一眼那两个蹲在树下吸烟的人，又看着四野的灰色的雨线。空阔辽远的田畴里看不到一个人，一些东倒西歪的小树让他触景生情，联想到了自己不久前的样子。

过了一会儿，又有几个湿漉漉的人出现在雨里，路上顿时变得更加昏暗而拥挤，每个人都在奔跑，又看见有人在不断地跌倒。

令人胆战心惊的雷声就是那个时候突然在他们的头顶上方的天空里炸响的。很快就没有人再说话了，都在静听着雷的声音，默记着炸响的次数。冻裂的声音似乎来自远处，摇摇晃晃地穿行在午后的雨里，不时地向上扬起，之后又沉重地落下。天上不断地有东西被震落，线一样地垂下来，瓦片一样地落下来。雨雾里的目光有时突然艰难地衔接起来，但持续不了多长，很快又会纷纷断开。

在昏暗的光线里，戴帽子的人忽然看到了几个熟悉的面孔，这意外的发现使他有些激动，他的身体不安地扭动了几下。戴帽子的人这时候产生了一种隐秘的冲动，一种想与人寒暄甚至进一步交谈的冲动。然而，他的嘴唇只是不自然地颤动了几下，却一直没有张开。……当远去的雷声卷土重来，再一次在灰暗的上空剧烈地炸响时，戴帽子的人忽然看见了邮差。

在闪电亮起来的一瞬间，邮差的脸像是歪了。

“这么大的雨，”戴帽子的人说，“你怎么还出来了？”他一边说话，一边看着邮差，先前的那种冲动已在他的心里完全湮灭了。

“我不出来谁出来？”邮差说。

“我以为你今天不出来了。”戴帽子的人说，“我以为……”

“别说下雨，下刀子也得出来。”

雨里的人开始不耐烦地涌动起来，戴帽子的人忽然感到自己变成了一个漩涡。他不断地被推来搡去，有一些拳头大的雨点落到了他的眼眶上和鼻梁上，他感到自己的脸越来越热，似乎被放到了一个火炉上。

“有什么特别重要特别紧急的东西需要送么……”戴帽子的人突然大声地说道。

“区区的一场雨……”邮差笑着说道。

“刚才闪电的时候，我差一点被晃瞎。”

雷声不断地在雨里炸响。面对广袤的田畴和密集而灰色的雨线，戴帽子的人忽然感到眼前又狠狠地亮了一下。

戴帽子的人在雨里走着，不时抬起头寻找，辨认着雷声的方向与位置。他滑倒在田垄下面的时候，十分清楚地感到了一种自上而下的坍塌。他闭上了眼睛，但不久，一种沉闷的声音很快又将他扶了起来。他向四处看了一下，发现路上的那些人已经都不见了。

邮差也不见了。

戴帽子的人站在雨里，惊愕地看着一片暴露出部分石头和衣服的废墟，很木的脸上滑动着一些不可思议的水。

他忽然想起邮差跨上车子，弓着腰，临走前的情景和样子，似乎还对他说了一句话：

“我得赶快走了。”

一九九七年十月二十一日

翩 翩

一

二月里天黑得很早，从胡家营买完蜡烛，又和那个叫翠花的女人说了一阵话，回来的路上，赵玲就发现下午好像已经过去了。模糊、黯淡不说，到处都灰蒙蒙的，电线在风中嗡嗡地响着，所有的树木都变成了稀稀落落的枯枝，看上去像铁一样又黑又硬。她一边走，一边抬头看看灰色天空里的那些南来北往的很难说都通向哪里的电线。小的时候，每当有人打电话时，她就站在一旁盯着看，她喜欢看人打电话，觉得有意思极了，也奇怪极了，一直以为人的声音就在那些筷子粗细的电线里流淌、奔走。又想，多亏每次都是一个人在说话，要是所有的人同时都在大声地叫喊或说话，电线必定会被那各种各样的声音胀破，至少也会在沿途不断地鼓起。那时候，她最大的愿望就是希望在别人打电话的同时，她能够亲手拆开电线上的黑皮，亲眼看一看人的声音到底是什么样子的，又是怎样在电线里面流动的。她想象人的声音可能像一些灰白的软软的虫子，有蚕或柳叶那么大，有时很快有时缓慢——这全取决于打电话的人的心情——地在电线里面爬行，这又使她一直觉得拿着电话听别人说话的那个人的耳朵里面应该是痒的，非常的痒，不痒几乎是不可能的，因为有那样的一些虫子一直沿着电线爬进去了，最终会全部钻进他的耳朵里去。她至今还记得，她站在一旁盯着打电话的人，好奇极了，又紧张得要命，她觉得他们很快就要扔下电话，用手去掏耳朵了，或者突然情不自禁地笑出声来……多少年过去了，那样的情景一直没有出现过，却至今仍然在她的记忆里残留不去。

沿着一道废弃的灰色河坝走了一阵，正要进入一条巷子里时，赵玲突然瞥见巷口处停放着一具棺材。棺材看上去刚做好不久，还没有上油漆，她闻到一股很重的木头的气味。附近只有一位老人坐在那里。她有些慌张地朝那具棺材看了几眼，然后小心地问那老人：

"谁死了？"

老人没有回答，仿佛没有听见她的话。

"谁死了？"于是，她又问了一句。

老人看着她，似乎看不清她是谁，又好像在看别处。

不远处的河面上，有一些八九岁的孩子正在冰上奔跑，每个孩子都想把别人推倒，而又使自己能够站得很稳，不断地有人摇摇晃晃地在冰上跌倒，很快又爬起来。站在棺材的附近，赵玲能看到那些孩子们用袖子擦鼻涕的动作，不用说那些湿漉漉的袖口都冻硬了。

不久以后，她穿过了那条回家时必经的灰黑的巷子，一个人也没有遇到。打开街门的时候，门槛将她绊了一下，差一点儿摔倒在门口，这使她突然感到自己变得乏力而慌乱，头发垂到了脸前。她觉得她的衣服可能撕破了，又觉得似乎有人在她进门的那一刹那使劲地从后面推了她一下，想是这样想，但她已经没有勇气回头去朝身后看一下，她无法知道自己会看见什么。

她几乎是飞跑着回到了屋里。

过了一会儿，她开始准备晚饭。

她把面粉盛进一只盆里，一边掺水，一边抬起头注视着窗户外面的天气。玻璃上结着一层厚厚的冰，映出一些很复杂的纹理和图案，虽然轻薄，但也足以使她对外面几乎什么也看不到，只能听见风的声音，感到天快黑了。她担心大风吹断田野里的电线，晚上会漆黑一团。

她取出两个鸡蛋，刚要打到碗里，但想了一下后，又放了回去。天气还像去年冬天一样冷，尤其快到晚上的时候，似乎比冬天的那时候还要冷。从门里伸出手去，能感到风像冰凉的水一样向手上扑来，又很硬地不容分说地从手指间嗖嗖地穿过。她刚洗过手，这样的感觉就更加明显而厉害，沾了水的手要比不沾水的手冷上好几倍。放在门口的一盆土豆都被冻硬了，她端起来的时候，它们像核桃一样哗哗地作响，在盆子里叮叮当当地互相碰撞。昨天，她就告诉本仁要端回来，但他似乎早就忘了。要是端回来，就不会冻了。他现在什么都记不住了。有一次，他从外面回来，很难过地告诉她，很多人都说他，你完了，你要是再这样下去，你就更完了。说完后，无奈地看着她。她说，你觉得你完了吗？他说，我也不知道，我只是感到心里很乱，一天比一天乱。她对他说，你不能乱，你得整理一下你自己。他说，玲玲，你说我们现在活着还有什么意思？她说：我也知道没什么意思了，可总不能不活吧？

这天气，冷死了。她想。

她放下门上的棉布帘子，回到屋里，锅里的水汽正在白茫茫地向四处弥漫。那时候，她忽然停下了手里的活儿，她听到有人走进了院子里，在距离门帘外面不远的地方停住了。于是，她又来到门口，打开门后，看到院里静悄悄的，并没有什么人，整个街上似乎也没有一个人。风呜呜地叫着，电线嗡嗡地响着。她来到院子的中央，抬起头看着屋顶上的黄泥的烟囱，烟囱里冒着和锅里的水蒸气一样的白烟，但比水汽看上去更加光洁，还要细腻一些。多好看的烟啊！她想。一个走夜路的人要是在路上忽然看见这样的烟，就等于是看见希望了。她想起小的时候，那时她才几岁，有一次和舅舅一起去看望姥姥，不知在路上走了多久，总也到不了，走得她都快要哭出来了。路上很少能遇到人，似乎一直只有她和舅舅两个人在走。舅舅不断地和她说话，一开始的时候，她的话也特别多，但后来就越来越不想说了。舅舅无论怎么逗她开口，她都不想说。舅舅说，我也没办法了，你不想说就不想说吧，就憋着吧。她愁眉苦脸地看着远处的忽高忽低的山，绸缎似的山梁。那些山，有的是黄色的，有的纯粹是蓝色的，细看，好像还在轻轻地飘动着。她想，远处那蓝莹莹的地方，不会是阴间吧？她很想问问身边的舅舅，但又不想搭理他，那话以后就再永远没有提起过。后来，走着走着，舅舅忽然大声地对她说：“丫头，快看那是什么？有人烟了！”一开始她以为是舅舅又在哄骗她，就像他总对她说去姥姥家的路不远，一点儿也不远一样，但很快她就在舅舅的指点下看见了远远的一缕炊烟，又细又白地冒着，正在绵软地慢慢地往上升。人烟人烟，有人就有烟，有烟就有人，舅舅说，那烟下面必定有人，甚至是一家人，弄不好还有可能会是老老少少的一大家子人……后来，她和舅舅一直朝着那缕冒起来的白烟走去。烟下面果然是一家人，真的是老老少少的一大家子人，正在做饭，烧火的烧火，剥豆子的剥豆子，两只鸡刚刚下完蛋，正在举着翅膀炫耀，狗朝它们汪汪地叫着，一个老人坐在门前的一块石头上咳嗽得很厉害。舅舅对他们说，有水么？我们这个小外甥女走不动了，怎么也走不动了。那个老人咳嗽过后，对她和舅舅说，快上炕上吧，饭马上就好。

做好饭后，天已经完全黑了。这回可是真正的黑了，她想。解下围裙以后，她抹了一点护手霜。这时，她听见院子里又传来了脚步声，没等她转过身来，很快就有一个人掀起帘子，挟带着一阵晚间的寒气从外面走了进来。

二

她睡了一会儿，直到本仁回来才被惊醒。

本仁回来的时候，夜已经很深了。他看上去快要累死了，满脸的风尘、疲惫和晦气，丝毫不掩饰地展现在她的面前，似乎要让她全部接受那一切。

本仁对她说，你好大的胆！连大门也不关，就敢一个人睡着了？

她盯着他看了一会儿，不由得感到有些害怕。这以后，她想出去关好街门，但本仁说他刚才回来的时候已经关好了。院子里静极了，四周一带也听不到什么声音，要是在夏天的这个时候，会有蛐蛐的叫声和远处的蛙声，现在却什么也没有。等她闭了一会儿眼睛，再醒来的时候，看到本仁已经在开始吃饭了。

她起来，站在他的旁边，一只手悄悄地放到他背上，看着他吃饭。本仁吃了一会儿，忽然抬起头，看着她说：

你已经吃过了？

她朝他摇了摇头。

没吃为啥不吃？吃吧。他说。

过了一会儿，她觉得再也忍不住了，就对他说：

咋样？不行吧？我就知道一定不行。

见是见到了。本仁对她说。可是，有一个人告诉我说，那孩子可能有点儿问题，我一听就没信心了。

有啥问题？ 她说。

我去的时候，他正睡着呢。本仁说，我看了一会儿，也没看出有什么问题。他们家里的人对我说，要不把他叫醒吧？我说不用叫了。他睡得很香。有一阵子，他忽然用他的小手抓了一下自己的鼻子，我以为要醒过来了，但一直没醒。抓完后，手又放回去了。

这能说明啥？

我也觉得不能说明啥。

告诉你有问题的那个人是个啥人？不会是他们的仇人吧？

不管他是啥人，我也没把他的话当回事。

本仁，你好像已经喜欢上了。

喜欢也没用，猪肉贴不到羊身上，我以后再也不会去干那种事情了，你也别再派我出去。睡吧。

你一点儿心也不操，那盆土豆全冻了。

冻了就冻了吧。按说你在家，你应该多少操点心。

我操不了，我已经够麻烦的了。

我就是随便说说，没别的意思。你要是不提这事，我根本想不起来。

你还没别的意思？你就是想说我不操心。

我真的没有那个意思。睡哇。

他们很快就熄了灯，躺下了。

不久以后，她忽然想起一件事情，正在考虑要不要告诉本仁时，发现他已经睡着了，睡得很酣实，仿佛已经睡了很长时间。他的一条腿像一根倒下来的柱子一样压在她的身上。她不禁有些生气地想道，这个男人啊！这个猪一样的男人啊！总该有个过渡吧，怎么能说睡就睡着了呢？

她睁着眼睛，看着黑暗中的窗户。

天不亮的时候，本仁就醒来了，他的一只手不住地在她的胸前乱摸。后来，赵玲终于被摸醒了，她拿开他的那只手，他的另一只手却又窜了上来。她翻个身，背对着他，闭上眼睛，听到本仁对她说：

有一件事，你要是听了难过，我就不说了。你要是不难过，我就说。

啥事？她说。

你先说你难过不难过吧。

我不难过。

好，那我就告诉你，我梦见咱们的小虎了。

听到他这样说，赵玲立即睁开眼睛，看着他，长长的睫毛忽闪了几下，又感觉他抓在手里的一只乳房也不那么疼了。

他坐在一堆草上，正在练习吹口哨。他说。小脸憋得通红，却怎么也吹不响。我过去的时候，他一下就认出我了。他对我说，爹，昨晚我看见有人在收割我们的莜麦和葵花，先是一个人，后来又出来几个。

我问他，是谁？你看清楚了么？到底是谁？是谁在收割我们的莜麦和葵花？你告诉爹，爹要去找他们。

爹呀，那个人弯着腰，手里挥舞着一把镰刀，像一条平滑的鱼一样在山冈后面，在我们的那片莜麦地里游动，游来游去。他以为他游得很好，他以为我没看见他。我看见他了，他戴着白帽子。

让他挥舞去吧，他想挥舞就让他挥舞去吧！胳膊长在他自己的身上，我们没有办法不让他那样，再说，镰刀也是他的。

爹呀，他要是收割了我们的莜麦和葵花，你们就穷了。我不想让他们收割我们的莜麦和葵花。

我对他说，放心吧，孩子，今年我们没有种莜麦，根本就没有种，今年我们种的是糜子。他们什么也收割不到，他们会白忙一场。至于葵花，才刚刚开花，还根本不到结籽的时候。再说，那些葵花就长在我们的屋后，你妈只要打开后窗，就能清清楚楚地看见它们。

听见我这样说，他放心了。

你没有教他吹口哨么？他多想自己能吹口哨啊！

教了，怎么没教？你怎么知道没教？教是教了，但那不是一下两下就能学会的，主要是他太小，没有力气，又不懂得怎么才能吹响。我告诉他，吹口哨的时候，先要把嘴撅起来，形成一个圆圆的通道，然后慢慢地往出吹气。他试了一下，真的响了一声，但也就是一声。

她忽然把她的头埋到本仁的胸前，小声地哭了起来。

你看你，不是说好了不难过么？说话不算数。

你就永远不要难过。

我也难过哩。过了一会儿，他奶声奶气地对我说，爹，我要回去了。

回哪里去？她忽然看着他，说道。

回哪里去？看你问的，你说能回哪里去？

三

上午九点多钟，有人在外面用手拍他们的门，又用门上的铁环在敲。那时候他们还没有起来。

赵玲听到敲门声以后，开始穿衣服，她不住地看着窗户外面，仿佛有一个人站在那里，这使她在穿衣服的时候变得遮遮掩掩的、躲躲闪闪的，以至于等所有的衣服全部穿好以后，才发现里面忘了穿裤衩。一种空荡荡的感觉使她觉得很难受，她想脱下来重新再穿一次，但仅仅是想了一下。等明天再穿吧，她想，反正又没有人知道。就是知道了，又能怎么样？

要是在以前，她必定会重新穿一次，她曾经是一个在许多方面都十分认真的女人，曾经珍惜过每一天。

那个人还在用手拍门，从一开始起，声音就一直不大，听上去显得温和而敦厚，又极富耐心。本仁终于再也躺不住了，他感到自己无论如何也拗不过那个人的耐心，很快地穿好衣服起来，穿过院子，打开街门，见一个人正举着手，又要拍下去，看见他出来，马上将手垂了下去，十分不安地对他说道：

唉，对不起呀！实在是对不起。

哦，是发财呀！本仁说，有啥事么？

唉，对不起呀。发财又说。他住在不远处的一道坡上，站在这里，能看到他们家的那几间房子，房檐烂纷纷的，房顶经年被雨水冲刷，露出了原来掺在泥里的麦糠，时常引来一群一群的麻雀落在上面。发财的爹有时候就支起筛子套它们。要奋斗，就会有牺牲，要想吃饭，也会有牺牲。一开始的时候，总有那么一两只会被套住，发财的爹把它们逮住后，高兴得嘴都歪了。但一来二去，渐渐地它们都体会到了他的那种诡计，再也不到筛子下面去了。有时候他放上纯粹的小米，它们也不去了，只是远远地看一看。为什么连小米也不吃呢？发财的爹对发财说，它们一定是开过会了，不然不会这么齐心。有一个很坏的老家伙，专门用金灿灿的小米引诱它们上钩，谁要是不懂事，谁就会遭殃。

发财告诉本仁，他想要办一件大事，但需要一笔钱。

一笔钱？本仁吓了一跳，眼前猛烈地跳了几下。

五十块。五十块就够了。发财说。他的一只手使劲地在自己的一个口袋里掏来掏去，倒像是他要借钱给本仁。

五十块？

我想了很久，发财红着脸对本仁说，我觉得到今年秋天的时候，我一定能还你，最迟也不会超过冬天，我有这个把握。

五十块钱能办成什么大事呢？本仁想。看着发财的那张脸，他想不出什么头绪。他拿出五十块借给发财，发财又点头又哈腰，接钱的时候，两只枯瘦而坚硬的手颤抖得很厉害。本仁告诉他，要把钱装好，不要丢了，更不要让人骗去。发财不住地点头。

我知道。发财说，我会小心的。

你要办什么大事呢？本仁说。

现在还不能说。发财有些慌乱地看了本仁一眼，低下头去，一只脚在地上来来回回地蹭来蹭去。他小声地对本仁说，等事情办成以后，他一定要来请他吃饭。

我一定要请你和嫂子好好地吃一顿。发财说，他的眼睛里闪动着一种十分罕见的光泽。

发财啊，我真的希望你能狠狠地发一下。本仁说。

谢谢，谢谢你。发财说，我这样的人，你还这么关心。只怕不那么容易，要发可能早就发了。

你爹现在还套鸟吗?

唉，早就不套了，一只也套不住了。它们好像都认识他了，一看见他出来，一看见他站在院子里往房上看，它们就知道肯定没什么好事。它们也都齐刷刷地看着他，都警惕得很呐，随时准备飞走。

那天，我从你们家门前路过时，看见你爹正站在院子里，长时间地瞅着房顶。

他是那么想的，但雀儿们不配合他，不那么想，不听他的，谁愿意去找死?世道不一样了，它们懂的也越来越多了，这就叫磨炼，这就叫成熟。我那个爹呀！我混成今天这样，我认为和他有很大的关系。

整整一个上午，他们很少说话，两个人的记忆里有一潭水，分别倒映着夏日的天空、村中部分的房屋和树木、吃草的牛和一些奔跑的孩子。天是鱼鳞天，葵花的头转动得很厉害，一副副热情洋溢的面孔一会儿朝东，一会儿又朝南，他们的眼前变得湿漉漉的、水淋淋的。

临近中午的时候，本仁出去了，他没有说去哪里，赵玲也没有问。

他走后不久，赵玲看见一个年老的盲人站在外面，怀里抱着一把二胡。老人要求给赵玲拉一段二胡，一边拉一边还要唱，至于钱，给一块两块也行，不给也行，总之，老人强烈要求给赵玲拉一段。老人说，要是想听欢快的，那就听《送公粮》，要是想听伤心的，他就唱《田四女》。

别看我长得瞎，老人对赵玲说，我可给不少人带来过欢乐呢。你信不信，姑娘？

我不是姑娘了。赵玲说。

知道，知道，知道你早就不是姑娘了，听声音也能听出来。我只是那么说说。你早就是人家的媳妇了，对不对？老人笑着说道。

我年轻的时候也送过公粮。赵玲说。

那你一定当过民兵？

当过。

哎，和我的女儿一样哩，她年轻的时候也当过民兵，也送过公粮，身上还背着枪呢。

你的女儿现在在哪里？

老人没有说话，手指碰了一下琴弦。

《田四女》是什么？赵玲说。

那是我编的一个故事，可伤心了。老人说。

瞎编的？

哎，不是的，这个故事实有其事，就发生在离这不远的南边，一个女人杀了自己的男人，后来，她又让另一个人杀了。

是这样的……

去年，我在北边的几个村子里整整唱了一年，每天晚上都有很多人围着听，大人，小孩，干部，什么人都有。那些天，我就住在村里，我像上面下来的乡干部一样，在各家各户轮流吃饭。”

老人拉起了《送公粮》。赵玲的眼前浮现出二十年前的一些早晨……秋高气爽，天高云淡，高粱红了，玉米黄了，土豆和露珠遍地滚动，叮当作响。有的土豆从里到外一团雪白，像一些天性风骚而不安分的女人。莜麦齐刷刷地一片一片地倒下，小麦的麦芒像一根一根的针一样，像太阳的光线一样，插在女人们的头上。有人贪吃蓖麻，晕倒在回家的路上，赤脚医生真的光着脚，背着孩子，带着青霉素和紫药水前去救人……接生婆也在到处奔跑，紫花的大褂迎风飘扬，严重地影响着工作队队长的视线，迫使其不得已借助于高音喇叭的威力，先放一段音乐，再放一段音乐，再放一段戏，《乱云飞》或《家住安源》《朝霞映在阳澄湖上》《共产党员》或《提篮小卖》。然后开始讲话，乡亲们哪！乡亲们哪！

不久以后，老人又唱起了《田四女》，娓娓地唱来。一个从深山里出来的姑娘，出嫁到了一个比她的家乡略显富庶一点的地方……听着听着，赵玲的眼睛渐渐地湿润了，眼前斑驳迷离，大雾弥天。

老人突然停下来。

姑娘，你哭了。老人说。

你能看见我？赵玲擦了一下眼睛，看着老人。

我是听出来的，我听出来了。老人说，唉，不唱了，今天不能再唱了，没想到把你给唱哭了。

她付钱给老人的时候，一开始他说什么也不要，后来收下后，连声地说，唉，好人啊！好姑娘啊！世上的好人都让我给遇到了，我不是一个尽走背运的人啊！

二胡声渐渐地远去，一群孩子和几只小狗跟在老人的后面，不一会儿就从她的视线里消失了。

四

住在对面巷子里的一个女人来告诉赵玲，她去集上的时候，看见本仁一个人在东面的那个水潭边坐着，从集上回来以后，她看见本仁还在那里坐着，已经坐了很长时间了。

他坐在那里干啥？赵玲说。她脸上的颜色有些不好看。

啥也没干，就那么坐着。住在对面巷子里的女人说。去把他叫回来吧，我看着有些不好。

你担心他会跳进去？

不管跳不跳，一个人那样总是不好。

从家里出来，来到东面那个亮汪汪的水潭边后，赵玲没有看见本仁。水潭里的水静极了，连一丝波纹也没有，赵玲只看了一眼，就把目光移开了，她感到眼睛有些疼痛。水潭的那边，有一个人正在放着两匹马，放马的人一动不动地站在那里，看上去像是一个用甘草扎成的假人，看不清他的眉目，只能看见他的形状和轮廓。

天上有黑黑的大雁在飞着。

从家里出来的时候，赵玲连头都没有梳一下。这会儿，站在水边，她感到有些冷。本仁的行为让她很气愤。

那个人从集上回来的时候，赵玲又看见他了。去的时候，她就看见了。一个孩子骑在他的脖子上，想必是他的儿子。去的时候，他们两手空空，现在，他们的手里多了一些东西。那个孩子仍然骑在他的脖子上，手里有了一个用红纸和绿纸糊成的风车。没有风，赵玲看见那孩子手里的风车完全不动，他鼓起嘴使劲地吹也还是不动。孩子急得在上面晃来晃去。孩子的爹对孩子说，来，放到我的前面来，我给你吹一吹看。于是，孩子就把那个风车放到他的面前，那个人吹了几下，风车还是没有动。赵玲听到他对他的孩子说：

不行，我也不行。老天爷不让转，谁也转不动。

我就要转！孩子的声音已有哭腔。

你就要转？你他娘的！你算老几？孩子的爹说，你以为你是谁？你难道比老天爷还要厉害？你总不能比他还厉害吧？你要真是老天爷，我还愁什么？我就是老天爷的爹，那不知会有多少人怕我，巴结我，讨好我呢！给我送来钱，我不要，连看也不看；给我送来房子，我也不要；给我送来一堆又一堆的女人，我还是不要，只挑几个顺眼的留下，其余的那些都让她们给我做饭去，给我叠被子去，给我缝衣服去，给我绣花去，给我唱歌去，给我跳舞去，给我念书去……

老天爷也需要被子么？孩子说。

咋不需要？他也睡觉啊！要是不睡觉，早就困死了。

他们沿着水边的路慢慢地走着。太阳快要落山了，红得十分厉害。又走了一会儿后，那孩子的爹对孩子说：

说好了啊！可不许给我尿到脖子里！要是敢给我尿到脖子里，我就不要你了，把你一个人扔在这里，一会儿套白狼的人来了，就把你套走了。你还想再见你的爹你的妈么？不可能了。

他们啥时候来？孩子看看四周，问道。

那可说不准。当爹的说，要知道，他们像鬼一样，随时都有可能来，说不定这会儿就正藏在附近呢。

孩子又看看四周。

啥是套白狼？他说。

就是一个人拿着一条空口袋，专门逮小孩子，看见一个孩子，就马上装进口袋里去，扎紧口子，然后背上就走，一去不回头。

他们要小孩子干啥？

干啥？你说干啥？大多数都卖了。有的不卖，就掐死——用手掐住脖子，一使劲，就没命了。然后再把眼睛抠出来，卖给医院——那可是抢手货啊，有时候无论出多少钱都买不到。要是逮住一个机灵些的，就既不卖，也不掐死了，就要留下来，像猴子一样跟着他去走江湖卖艺。不让你穿衣服，给你的身上粘上猴毛，把你收拾得像一只小猴子一样，让你去表演爬竿，钻桌子，最后再敲着小锣向人们收钱。

我也很机灵，但我不想爬竿，也不想敲小锣。

所以说，那你就得听话！你要是不听话，经常胡闹，你就只好去爬竿，敲着小锣向人们收钱去了。

我听话。

孩子说着，在上面慢慢地缩成了几乎是很小的一团。他真的怕了，赵玲想。她来到路上，对那个几乎一直都在胡言乱语的人说：

这孩子几岁了？我家里有好几双小鞋，不知他能不能穿？

那个人扭过头看着赵玲，还没等他说什么，那个孩子却抢先说道：

啥鞋？

不要，我们不要。那个人有些慌乱而又恼怒地说道，啥鞋也不要。我们有鞋哩，生得起孩子，还能买不起鞋么？

说完，气冲冲地驮着他的孩子往前走。

路上开始有风了，孩子手中的那个纸糊的风车突然转了起来，孩子高兴得眉开眼笑。但那个人完全没察觉，更不知道孩子手中的风车正在他的头顶上面欢快地呼呼地转着。显然是她的话让他生气了，赵玲想。他像一个摸黑走路的人一样深一脚浅一脚地走着，上面的孩子被他颠得东倒西歪，左右摇晃。赵玲听见他一边走，一边在骂他的那个孩子：

你这个小讨吃的！谁给东西你都敢要？啊？还问人家是啥鞋？啥鞋！小鞋。要给你小鞋穿哩！刚刚才说过你，转眼就他妈的全忘了，看来你只能去表演爬竿、钻桌子、敲小锣了……骂声还在继续，但旷野里的风将他的声音吞没了，溶化了。

赵玲一个人在路上走了一会儿，她不住地看着对面山岭间的那个又红又圆的落日，它真正地在往下落，一点一点地往下出溜。路上的风将她的头发吹得很乱。看了一会儿，她感到眼睛有些酸痛，眼前一阵发黑。

回来的时候，看见街门大开着，她吃了一惊。接着，又看见本仁在院子里坐着。在看见他的那一刹那，她的身体轻轻地摇晃了一下。之后，她什么话也没说，很快地从他的身边经过，回到了屋里。

过了一会儿，本仁从外面进来，站在她的身边。

对不起，让你操心了。本仁小声地说道。

她始终没有话说。本仁在她的旁边站了一会儿，后来找来一把梳子，很笨拙地在她那风吹得很凌乱的头发上梳了几下。就梳了几下，然后就把梳子放到了她的手里。此后，一直到天黑，那把梳子一直安安静静地放在她的手里，再没有被动过一下。

晚上，灯亮起来以后，本仁的影子在屋里的白墙上不住地晃来晃去，有时模糊成黑黑的一片、一摊，像是把浓浓的墨泼到墙上，又像是一件大衣在飘动。有时又清晰得厉害，还有分明的棱角显现出来，如同刻上去的，凿上去的。

那时候，赵玲忽然想起一件事情，想起她回来的时候，在巷口的转弯处，前天下午她曾经看见过的那口当时还没有上过油漆的棺材不见了，她清楚地记得，那里现在停着一辆自行车。当时她还想，是谁把自行车停到了这里？她看看四周，这时节街上总是没有人。

更晚一些的时候，她终于忍不住告诉了本仁。本仁一无所知，很迷茫地看着她。他说他这两天没有看见巷口那里有一口棺材，更不知道有什么人死了，也没有听见村里哪家有哭声。要真有人死了，还能没有人哭么？就算语重心长，长篇大论的哭声没有，那种短促的、象征性的哭泣也总该有几声吧？总得让周围的人听见一下吧？总得或多或少地表示一下吧？本仁怀疑她看花了眼。赵玲说，那么大的一个东西，又是那样的一个东西，能看花吗？听见赵玲这样说，本仁也没有主意了。

我真的没看见。本仁说，声音里明显地充满了歉疚。

但为了讨好赵玲，本仁一边穿衣服一边说：

要不我出去打听打听，问问到底是谁死了？

你去问去吧。赵玲说。她知道这事没法问。

于是，本仁穿好衣服出去了。但过了一会儿，他又回来了，迟疑着走进屋里，而且面有难色地看着赵玲，说：

这事还真不好问，没办法开口。我总不能挨家挨户去敲门，问你们家死人了没有？巷口的那个棺材是谁的？不能这样问人家吧？

那就别去问了。赵玲说。

她有些冷峭地看了一眼，但心里在笑。下午以来的那种委屈和不高兴这时候已经在她的心里烟消云散了。

五

有一天，是个晴天，天气也比前几天要暖和一些，赵玲一个人在家。她洗了很多的衣服，在院子里拉起两根长长的绳子，两根绳子上都搭满了。阳光照过来，她闻到院子里有了一种很湿润的空气。这以后，她一边修剪指甲，一边在那些湿漉漉的衣服之间慢慢地走来走去。在那个长长的行列里，一直只有她一个人在走。有一瞬间，她感到自己像一位检阅部队的首长。只不过我检阅的是水兵，她想，一群水淋淋、湿漉漉的家伙，很长时间过去了，还在不住地往下滴答。

几只蜜蜂在那些洒落着阳光的湿衣服上飞来飞去。她盯着看了一会儿，自言自语地说，今年来得可够早的。

她听到一阵走路的声音，接着，又听见有人说：

一看就知道是个懒女人！平时不洗，攒得多了，实在没办法了，才迫不得已地大洗一次，一洗就一大堆。

一定是个丑女人。日他妈的，这年头的女人啊！

站在自己的院子里，赵玲听得清清楚楚。她想，真是岂有此理！这样想着，她从那些湿衣服下面钻过去，来到街门口，看见两个人的背影在巷口上一闪就过去了。

晚上，她对本仁说：

今年真的不种莜麦了？

种还是要种的。本仁说，不过，等到莜麦快要熟的那两天，我就要去那里守一守。

她看着本仁，两道眉毛忽然上扬了一下。

本仁觉得她似乎还有话要说，就一直看着她。本仁还闻到一阵馨香，是从她的身体上散发出来的，这使他不禁振作了一下。院子里那么湿，他回来的时候，看到街门虚掩着，屋顶上一片寂静，一道青白的烟慢慢地向上冒着，一会儿弯曲起来，变得浓稠、温热，一会儿又笔直地升起来，变得疏朗、干净，一去不复返。

这就是家啊！本仁想。

吃过晚饭以后，住在巷子对面的一个女人来找赵玲，告诉她有人正在村里的办公室里说唱故事。赵玲的眼前忽然浮现出那个拉着胡琴的老人。“别看我长得瞎，我可给不少人带来过欢乐呢！你信不信，姑娘？”记不清有多少年了，这是头一次听到有人叫她姑娘。她明知自己不是，因而也不敢领受，但又心存感激，心里想哭。

她们去了那里。赵玲看见果然是那个老人，正坐在一只凳子上，但已被众人挤得无法动弹。屋里挤满了人，烟雾缭绕，赵玲她们进不去，只得站在门口向里面看，多是一些半大的孩子。老人的身后有桌子，桌子上放着凳子，桌子上和凳子上都站满了人，连窗台上也站着人。还有几个人坐在炕上的一堆高高的行李上，不时地掉下来，很快又重新爬上去。

让一让啊！请大家让一让！老人几乎是在哀求，起码让我腾出手来，把弓拉开，不然怎么唱呢？

但没有人让，人们互相拥挤、钳制，谁都很难摆脱开别人的挤压。人们都在大声地说话、叫喊，但互相都听不见。后来，站在最高处的一个十三四岁的孩子突然从上面掉了下来，他的身体砸在了别人的头上。很快，那些站在桌子上和凳子上的人都一齐坍塌了，轰的一声全都倒了下来。

赵玲站在门口，她看见那个老人不见了，被压到了一堆人的下面。接着，他的声音从重重叠叠的人缝里传了上来：

哎呀！压死我了！我可不想死在你们这里啊！

老人的二胡也被压断了，但他还没有发现。

我们回去吧。赵玲和那个女人几乎同时说道。

走在回家的路上，那个女人对赵玲说：

我们今年不种莜麦了，你们还种么？

听本仁说，还要种。赵玲说。

满天的星星，没有月亮。赵玲想起了山冈后面的那片莜麦地，在微风拂动的日子里，它们如同清绿的湖水一样在轻轻地荡漾……她仿佛又听到了孩子的说话声和画眉鸟婉转的叫声。

一阵很浓的油漆味顺着风迎面吹了过来。赵玲皱了一下眉头。接着，又听到一阵叮叮当当的声音，在夜里传得很远。在不远处的黑暗中，有一个人正在高声地说：

爹呀！我要钉钉子了，请往旁边躲一躲。

赵玲看了身边那个女人一眼，两个女人于是紧紧地贴在一起。那个女人边走边告诉赵玲，开杂货铺的陈老蓝死了，死了不久，突然又坐起来了，说还有一笔账没有闹清楚。后来又死了。赵玲知道那个光线黯淡的铺子，什么都卖，还卖煤，还卖女人避孕的东西，她从不去那里。

这回可是真的死了。那个女人说。这是在入殓呢，他的儿子们正在给他的棺材钉钉子，提醒他要躲一躲钉子。

你懂得真多！赵玲对身边的女人说，我啥都不懂。

懂这些有啥用。女人说。

这天晚上，她们两个女人都穿着白色的衣服，像两只蝴蝶一样在回家的路上飘舞着。

走进回家的必经的那条巷子里以后，迎面过来的一个人突然发出一声无比凄惨的叫声，把她们吓了一跳。

啊！鬼！我看见鬼了！是两个女鬼！那个人号叫着，转身沿着来时的路跑去。

赵玲身边的女人呸了一声，大声地说，你才是鬼呢！

二〇〇一年一月四日

被画匠法隆先生无意中绘在墙上的罗顺纹究竟是个什么人？

一

大红墙纸上的玫瑰加起来总共有十几丛，旁边还有一簇一簇的小黄花；水基本是天蓝色的，有几股甚至隐隐发白；从那上面可以隐约看出炎热的夏天差不多已经过去了，人们站在河边，身上披着一些不真实的霞光，正在翘首眺望秋天（秋天在哪里呢？距此二十里以外？）；飞翔中的一些黑色的雁几乎与玉米的缨须处在同一条水平线上；另外还有一些明显的错误和不切实际的想法，出在金色的浮云和桥的上面，其中，大雁的形状像几只抛起来的黑手套；事实上，最令人感到不安的，还是那几片肉色的花瓣。

……

远道而来的亲戚带着满脸惊异无比的神色坐在那里，一些纠缠不清的色调和数字使他忘记了旅途的劳累，却又很快陷入一种更深的看起来更为泥泞的疲倦与困顿之中。

“雁——不是这么个飞法呀！”亲戚暗自想道，“我又不是没见过个雁。”他真是狐疑极了，他分明看到那些雁的脑袋突然撞到了墨绿的玉米上。四周残存着一些抹过的擦痕，那一定是血迹被抹掉了，趁着混乱的响声，轻轻地被抹掉了。他感到难以置信，那一切都是真的吗？时光如一摞无限堆积的纸一样整整齐齐地码在那里，秋天就摞在夏天的下面，从上面揭去一张，就是一天，有时多拿走一叠，就是一年。揭着揭着就看见零星的谷粒和路边的霜冻了，依次再往后，还会遇见大雪纷飞的日子。“那是一定的。”亲戚想，离杀猪的日子看样子也不远了，没几天了。收拾完地上的血污以后，再翻下去，还会回到现在这个季节，到处都悬挂着摇摇晃晃的水珠，许多人家的玻璃都不同程度地擦亮了，反射着台阶前的绿意，蝴蝶在眼前飞来飞去。

放着梳子不用，却拿自己的一只手在头发上抓来抓去。远道而来的亲戚在寂静中度过了一阵深为不安的时光之后，忽然感到自己变得异常烦躁。他扶着椅子慢慢站起来，看着耳旁的一扇窗户。不久，他又将一只手放在头上，生硬而粗暴地抓了几下。窗户上的木棱是菱形的，靠里面的几根相互交织着，漆得朱红。

“真他妈的恶心呀！把花瓣的颜色画得像肉一样。”

肉色的花瓣不断地在他的眼前晃动，像舌头一样生动地翻卷着……远道而来的亲戚靠着窗户，一边用自己的几个手指梳着头，一边不安地思索着。也许，这一趟出门本身就是一个错误？现在看来，绝对不能说正确，不能算是一件好事。我跑出来干什么呀？为什么就不能安分守己地待在自己的家里呢？难道没有家？他低声拷问自己，急促无奈的语气仿佛是一种不祥的验证。从去年深秋时节以来就一直徘徊不去的寒意又远远地袭来，一路追着他来到这里。他离开窗户，在地上走着。他感到自己像一个鬼，为了抖落身上的寒意，独自喃喃地说着话，窗外的光线时而银灰，时而红黄。

不久，远道而来的亲戚萌发了顺原路回去的念头。他对自己说，这算不上不辞而别。事实也正是如此，从他进门以后，就没看见过这家里的任何一个人，他原以为他们就在附近，很快就会回来……某些变化让他感到惊讶。

站在窗前向外面打量的时候，他清晰地听到一个声音在劝他回去，回到自己的家去。他不知道那是什么意思。

这样想着，他慢慢地向屋门口走去。那时候，挂在墙上的一个东西突然掉了下来，亲戚的一条腿在响声中跳了起来。他走过去，看到是一件雨衣，软软地落在地上，雨帽贴着墙。亲戚的眼睛瞪得很圆。墙上挂着两件式样相同的雨衣，不久前他从外面兴致勃勃地进来的时候，正好看见其中的一件雨衣离开墙壁和钩它的钉子，软软地向下面坠落，那时候他不假思索地走进来，将雨衣捡起，重新挂回到墙上。他还大声地朝里屋说了一句话，是一句玩笑的话。旅途的疲劳并没有败坏了他的心情。

又掉下来了。很难说是不是刚才的那一件。刚才，他将落下来的雨衣挂到墙上后，一边大声地说着话，一边推开一扇通向里屋的门走进去。没有人接他的话，事情也不像他想的那样。家里没有人。

过了一会儿后，他脸上的笑容才慢慢地收了回去。

二

现在看起来，几乎整整一个夏天，他们都在浪费时间。

村庄里有着充足的阳光，石头的颜色有时候看起来像是过去年代里的金子。河水与数字似乎和时光一样是无限的，而人们的记忆和力量则实在很容易消退。一些死去的人，就近埋葬在河边那些稀稀落落的杨柳之间。葡萄的枝叶，宰杀绵羊的场景，一箱一箱的纸，一箱一箱的碗，绸子……一眼望过去，谁也无法想起当时的情形。有一户家道殷实的人家，夫妻两个和一个儿子，另一个儿子远在他乡。清明节前一天的下午，从不同的地方却一下回来两个儿子……人们都糊涂了。这中间有一个肯定是假的。怪异的说法不能让人很快信以为真，却时刻像一根蘸了水的绳子一样左右着人的一举一动。难道是一场梦？难道多余出来的那一个是护送他回家的灵魂？事情的发展磨蚀着人们的耐心。眺望暮色中刀尖一样的山峰，不明真相的夫妻面面相觑。“这多像是一个梦啊！”“这就是一个梦！”那种无形的永不停顿的东西，使人呆头呆脑。他们用手蒙住自己的眼睛，一些不成形的但又极具恐惧色调的结果不断地在脑海里萦绕。如果他们的回程没有中断，这只是一次小小的疏忽；如果清明过后，一切还都像强烈的血腥一样滞留在他们的记忆中，那样一来，就既非是梦，也不是梦魇了。

人们坐在河边，揣摩那其中的意思。向日葵开在远处。

当年轻的法隆开始尝试用毛笔和刷子蘸着碗中的鲜艳的颜料，在附近一带的墙壁或木头上认真涂抹的时候，树下的那些越来越不显眼的坟堆很多已经消逝不见了。青草开始在那里生长、出现，从树下的空地上向别处延伸，相互融合，渐渐地形成一种覆盖的姿势。

死人越来越不可怕了，生前的红色或漆黑，几乎没有任何过渡，很快就像熬夜一样结束了。死去的人，除了姓名和身体，还有某些技艺也随着一同死去，有些甚至是致命的，能够养人的。等事情刚一过去，人们又会带着某种眩晕的微醉重新看着别人，重新意识到自己，仿佛被不大刺眼的光亮引导着，舒适而有目的地行走在橙黄浓郁的满月下面。

当某种技艺与人的生计有关时，它实际上早已演变为潜在的粮食，如丝丝缕缕的暗香一样隐蔽着，堆放在远处。

如今，有人日夜在那一带酿造，众多的木桶和巨型的瓷瓮依次陈列在光线时明时暗的树林子里，容器里面分别盛着白酒、色酒和食用醋，还有颜色偏黑的酱油。发酵的谷物和麦麸使河边时常弥漫着一种酸溜溜的空气。

那也是一种梦境般的生态，释放出的气息虽不如粮食沉重，却能够轻而易举地使人迷醉。那样的生活历来只需要热情地积蓄，一声不吭地沉淀，在酝酿中变化，一边挥发一边完成，完全用不着色彩来描绘。法隆曾不止一次地过河去找他们，看看有什么需要彩绘的。他们就对他说，我们都是一些酸人、土人，名副其实的酸人，让你画个什么呢？没有什么要画的。……事实上他们本身也是在与颜色打交道，制造色酒令人陶醉，红酒常常让他们想到血，黄酒则让他们想起乡间那些虚火上升的人。此外，还有形迹可疑的绿酒，棕色的醋，颜色偏黑的酱油和某些意料之外的墙。

三

在威远一带，画匠法隆曾留下过骂名，原因之一就是他常常在某种不知不觉的眩晕中将吉祥的云彩画成一些充满忧愁的乌云，事后连他本人也感到懊悔不迭。他自己也明白。完全是心在起作用，是那忽左忽右的心的摆动驱使他一挥而就，一错到底。不能原谅呀！哪能总是寄希望于下一次？

并不是所有的墙上都没有退路，有些时候，只要一缕徐徐上升的炊烟刚一露头，就足以让人感到安心了。剩下的也许就好办了。柱子一样的炊烟，上面带着温热的暖意，把它竖着放倒了，就是一条回家的路。

回去的路上有没有露珠和活着的蚂蚱，那要取决于沿途的茅草和花瓣。玉米丰收了算什么？小麦和谷子也要丰收，像午后的光线一样流泻进寂静的谷仓里。西瓜可以省去，花椒也可以忽略不计。

一定要有一头身体看上去比较健康的猪（最好是一头肉乎乎的白猪），以代表隐藏在乡间深处的其他的猪。一头猪一旦倒下去了，隐藏在它后面的千万头猪就会纷纷站起来，吱吱地叫着，嘶哑地叫着，有的冒冒失失地撞开熟悉的家门，有的一路狂奔，窜向光线晦暗的田野。

如果天色接近黄昏，从暮色中回家的人们，其形象应该是一个一个的虚幻的影子，这个时候没有必要画出脸相和牙齿。衣服上的褶皱里积存着污垢，也积存着麻烦。

如果黄昏已经使乡间变得又低又暗，母山羊的乳房就不应该是十分饱满诱人的，而是稀松的、下垂的，像没有实物的小口袋。在此之前，里面的奶已被如数吸走。

大牲畜的皮毛的颜色如果过于庄重了，乡间的那些参差错落的房屋就会不攻自破，像一些没有根基的纸房子一样轻飘飘地浮动起来。不能让牲畜在耕耘之后将村中的房屋吃掉！不能将后者比下去！所以，该用浅色的时候，一定要着浅色。淡一点没关系，一上来就很浓重，就真正没有后路了。

……

涂着涂着，法隆看见自己的两只手最先变红了。不久以后，又上了脸，到了胸前。

像是喝醉了，每一次喝醉了都是这样的一种感觉。

一切都湿漉漉的。

天黑了，屋里亮起了灯。画匠身上的斑斑驳驳的红颜色使正忙着准备晚饭的女主人发出一声惊恐的尖叫……画匠停住手，看到一团影子向自己的身边渐渐涌来，他伸出两只手，不久又空无一物地收了回去。

画匠对女人说，那只是一些不小心溅出来的红颜色。

我说嘛，那要是血，还不把你给活活地流死了？你哪能还这么直挺挺地站在我的面前？女人的情绪平息下来。

画匠又说，很难避免呀！很难做到滴水不漏，不管你多么小心，多么有经验，或多或少，总还是有一些要溅出来。

你溅吧。女人说。常在河边站，不湿鞋那才是怪事，你溅吧。

画匠说。我先休息一下。我尽量手紧一点儿。

画画的事我不懂。女人说。画好为原则，该溅的时候还得溅呀。

我会小心的。画匠说着，接过女人递过来的一杯水。

四

很晚的时候，女人的丈夫才从外面回来，他一边拍打身上的尘土，一边大步流星地走进屋里。女人迎上去。

男人仿佛没有看见眼前的女人，他热情地向画匠打着招呼。辛苦了。他用一双很亮的眼睛浏览着画匠的手艺，这儿是山，那边是桥，杏树的枝丫是粉红色的，草地上的一个画满年轮的树桩其直径只有碗口那么粗（太细了，男人的心里嘀咕了一下）。几条路，有的呈黄色，有的竟然透着青绿（男人愣了一下：这是什么地方的路？看上去像年轻的水果）。

画匠很疲惫地坐在那里，倦意掩盖了他的笑容，他十分注意地看着女人的丈夫，对方没有明显的态度，倒是他自己在疲倦之外显得有点儿惴惴不安，他伸出一只手，使劲放在腿上，有了重量以后，颤抖不那么明显了，基本上不再乱动了。画匠想起一件事，中午吃饭的时候，就没有看见女人的丈夫，他只注意到有两个孩子，昨天好像也是很晚了才见到他的……于是，画匠用一种平缓的家人般的口吻向女人的丈夫询问他几天来的行踪。

这几天在忙些什么？画匠笑着问道。

植树操（造）林。女人的丈夫说。连着好几天了，每天都在山上操（造）林。

中午也不回来？画匠说。

我带着干粮呢。女人的丈夫说。

画匠点点头。这时，女人接过画匠的话，对自己的男人说：

还有几天才能操（造）完？

不知道。男人说。

女人说，小米已经吃完了，谷子也没人碾，房顶上的烟囱里好像卡了什么东西，烟往上冒的时候一直不顺利。今天上午，有一个人驮着白得耀眼的棉花像山一样地滚过来……女人絮絮叨叨地说着。她的话是说给她的男人听的，但男人似乎根本没有听进去。

男人抓住女人的胳膊，对她说，来，我跟你说句话，咱们到外屋去。

女人被男人拽着向外屋走去，临出门时，女人回头看了一眼坐在炕上的画匠，女人惊讶地看到画匠正在独自欣赏自己的手艺，一个扁扁的脑袋不时地向旁边歪一下。女人哼了一声，掀起帘子出去了。

屋外的光线昏暗得让女人感到害怕，她正要说什么，忽然听到男人在轻轻地叫她的名字。男人就站在她的身边，但他的声音听上去却很远，仿佛来自河边的树林子里。

男人说，我说，你注意到没有，这个画匠很费颜料呀。

女人说，很费颜料？

嗯，还嫌不费么，昨天晚上我刚给他两大桶，今天一天就都没了。那么多颜料，说没就都没了，他喝了？

反正都涂到咱们的墙上了，又没有抹到别处去。你真小气。

你就不能说说他么？

我咋没说？我一直都在说他。我为什么要说人家？我是他的什么人？他妈？

当然能说，咋就不能说说他？你要闹清楚了，是咱们在雇他干活儿。他又不是小孩子了，他妈的，敢情不是他的，这么费颜料，咱们可受不了。

他画的时候，我一直在旁边看着他。你放心，一两也没有流到别处去，他也没喝到他肚子里去。该画的都画了，最后空下的那一个角，他说还要给咱们安置一个小箱子。

我咋没看见那个小箱子？一个小箱子就要费那么多颜色？

还没画上去呢，你咋能看见？小气的应该是女人，你是一个男人，你不该这么小气。

我小气？他妈的，我在山上，挖一个树坑一块钱，我是为了什么？我倒很想请全世界的人们都来吃一顿，不管白人还是黑人，黄种人还是红种人，都来，能行吗？即便粮食够吃，也没有那么多的盘子和碗呀。

争吵不是由于饮酒误事而引起的，仿佛来自一个住在河边的老头，那人长得既像猿猴，又像山羊，在前些年的交往中，给人们留下一种愈战愈勇的印象。

通常情形下，人们只需站在镜子前照照自己的脸，便很快知道自己是谁，但有时则不尽然。原因有好几个，感情用事，复杂的思绪，晚间的水雾，等等。一个情感木讷的老实人，卸下肩上的犁铧后，踩着巷子里满地枯黄的落叶，去一个他自认为值得一去的人家里聊天。到了晚上，那墙上的仙境似的生活场景化作一连串怪异的梦魇出现在他的梦中。白日里的强烈的印象使他的梦呓轻而易举地变成一种陌生而轻佻的歌声，原有的噪音在经过人为的矫正与转化后，变得令人难以忍受。“……水灵灵的牡丹花呀！”凉亭朝西边斜了……干旱时节的天空和大地的色调被他想象成霞光的色调，在以前则是土豆或麻。

什么叫开始？一件事情突然从远处飞来打在你的身上，好事会像绣球一样被称为正中下怀。

村子里经常有一些把事情搞得一团糟而又暗自深为得意的

人，有时故意虚掩着门，将冒险看作嘲讽。我和别人不一样，因为我的祖宗们从一开始就和别人不一样。什么地方不一样？难道比普通的人多长了两只手，多出了一件独门独技的绝活儿？开着野花的乡间小径错综复杂、一个人在那中间走着走着，有时候会突然消失。

曾经有过一个时期，人们热衷于松绑，建造有阴郁色彩的墙垣，惊羡别处的长廊。酒后摔杯的行为，曾一度大大地促进了玻璃制造业的发展和小瓷器的兴盛，星罗棋布的瓷窑如雨后的蘑菇一样出现了，经过一些年以后，又都相继颓废了，什么都没有留下。

五

再过一个时辰，天就要亮了。那时候，不远处的那座一直隐匿不出的旧桥就会清晰地浮现出它的轮廓，附近一带的那些长长短短的路，房子和坡地，也会真实无疑地重新摆放在那里，让人走近或深入。是的，天亮了就好办了，即便不打算进去，远远地望上一眼，得到一种安心的感觉，也是好的。

罗顺纹这样想着，恍惚中看见对面的坡上似乎有人在行走，轻捷而无声的动作如同一种不常见的舞姿。这个时候有谁会在那一带急匆匆地赶路？一定是一个早起锻炼的人，罗顺纹低声对自己说道。体育，筋骨和韧带的错乱运行。很多时候，体育不完全等于健康，有时甚至完全没有关联。去年冬天的一个晚上，也是在这一带，从一个朋友那里饮酒回来的路上，胡大的一根手指被冻掉了。他看见有很多很厉害的人挡在他回家的路上，他们逼着他，要他承认自己是一个没有家室的人。胡大说，这不是事实呀！我怎么会没有家？我有家呢。

傻瓜！怎么能让天气把自己的手指冻掉呢？罗顺纹想。天气是死的，难道你自己也是死的吗？罗顺纹对自己说，老罗，我给你出一个难题，你能回答出来吗？什么叫体育？想了一阵后，他欣然答道，体育就是出汗。胡大为什么不想办法让自己出一身汗呢？

罗顺纹笑了，嘴角抽得很厉害，几乎歪到一边。

要是胡雁还活着，要是……罗顺纹把一根手指放进嘴里，听见指甲与牙齿轻轻地碰撞了一下，舌尖在指纹上时缓时紧地浏览、游走。我要是不这样，它就会不声不响地离开我的身体，走掉，或者像小萝卜一样纷纷烂掉。天亮了就好办了，想看看自己的家，也就不再是一个不能办到的问题了。

一路上，那些被他丢在十几里以外的，不知名的小黄花仿佛是另一个世界里的灯火一样，不停地在他的眼前和记忆里忽明忽暗地闪烁着，最亮的时候竟与阳光充足的白天完全一样。那样的一种白天，当然是非常不真实不可靠的，其间的一切差不多都是假扮而成的。鲜艳的花瓣，其表面摸上去像铁；光斑与金线是冷的，毫无温度可言。石头看似凸凹不平，实则薄得如一张纸。在那些参差错落的房屋之间，所有的街角和转弯处都是死的，无路可走。

罗顺纹有一种模糊的预感：他很快就要接近河边了。远的不说，单是脸上的一层潮湿的面具似的水气就很能说明一些问题。平日里，他有时也会一个人站在河边，常无意中瞥见自己的身影沉重地躺在水里。第一次看见自己的身影躺在水里的时候，这个不会游水的人曾被吓得惊慌失措。他以为自己真的死了，僵硬的身体仰卧在水里，手臂下垂，眼睛向上，毫无表情，像一条翻着白肚皮的死鱼一样，一动不动地看着水上面的天。那时候，天正在被河水过滤着，因而晃动得很厉害。

一个三十多岁的女人走在他的前面。女人很瘦，穿着苍白的衣服。

罗顺纹看见自己的两只脚像两条船一样交替着向前走着。等他再抬起头以后，他十分惊异地看到前面不远处的坡地上坐着一个人。

天已经大亮了，树林子里织满了令人无限喜悦的橙黄的光线。清脆的鸟鸣和黄芥穗的药香使罗顺纹的脸上出现了一些生机。

六

“这才是真正的雁哩……”罗顺纹一边过河，一边抬头望着树林上面的天空。他看见了飞翔在日常生活中的雁，它们的姿势和去向与实际相符，与他多年来形成的印象完全一致。他相信自己此时不是在梦里，轻薄的白雾虽然尚未完全散尽，但河边的树林子已经越来越亮了，青绿的树木立在水蒙蒙的光线里。

真正的雁就是像现在这么飞的，哪能与玉米秆子平行着走呢？那显然是不对的。走着走着，罗顺纹又记起那些红色的擦痕了，低垂下来的雁的脑袋，想要像箭一样地穿过树木似的庄稼……“不可能呀！那怎么可能呢？”纰漏有很多，某些征兆无论从哪个方面来说，都不能算是吉祥，不能让人安稳。本来，因为感到不自在，他看过之后就将它们丢开了，而现在，忽然又像早已深入水中的一团布一样浮了上来。

罗顺纹停下来。

那个女人没有过河，罗顺纹望了一眼她的苍白的衣服。在很亮的光线里，蜿蜒的水渠低声喧哗着。

“有一种表面看上去很熟悉、很常见，但实际上却从未长成，从未见过的花，其花瓣的颜色完全是肉红的……”罗顺纹回望了一下身后，默默而辛苦地打着腹语，准备将自己的见闻与某些想法揉到一起，变成一个连自己也很难理出头绪的东西，然后带回去，说给家里的人听。谁知道他们会怎样想。我也不是有备而来，随他们怎么想。说不下去的时候就停顿，停止，关上自己的嘴。

有人在叫他的名字，声音从山坡上一路轻巧地滚下来，如成熟落地后的果实。罗顺纹似笑非笑地向那里看了一下。

坡上有着很强烈的光线。

几条零星的牛的影子隐现在其中，从外表看上去，很像是夜里的一个梦。

世界是个很好的世界，只是他的牛常常丢失，每一次都永远找不回来，这让他无论任何时候，只要一想起来就会麻烦得不得了，有时甚至想去死。一去不复返的牛，松散的农具，常常让他想起乡间的那些有名的不肖子孙。再了不起的人，也得坐下来吃饭，也得闭上眼睛睡觉，谁也不可能永远醒着。穷追猛打，眼花缭乱，有时候很难说哪一个更好，更适合在繁重的农事的间隙里尝试。

有一种人活在世上，经常会有意或无意地给自己的亲戚或朋友造成一些麻烦，有时甚至是致命的打击或伤害，而本人则浑然不觉，时常倒有某些填不满的亏空郁结于心头。有一个他听过很多遍的故事，按说早已经熟得不能再熟了，差不多都能背下来了。可奇怪的是，每一次再听，却都会又有与以往完全不一样的感受，听一遍，不一样一遍，这让他百思不得其解，永远也想不明白到底是怎么回事。那说的是几个中年人的故事，罗顺纹最初只听过一次，以后便永远记住了。他是站着将事情从头到尾听完的，身后的凳子从一开始就不知被什么人抽走了，心惊肉跳是必然的。在繁重农事的间隙，他常常一个人独自坐在碌碡消逝后的麦场上胡思乱想，人为地加上一些颜色，又擅自减去一些抽象暧昧的东西。说不定我就是一个糟得已不能再糟的人？很可能，谁说不是？我就是一个不理想的亲戚，去了人家里，挑剔别人画在墙上的画，不懂装懂，还吹毛求疵，喜欢信口开河地乱说，喜欢胡咧咧，也从不管别人喜欢不喜欢听，更不懂得观察一下别人的脸色和反应，只顾自己痛快。他决定了，从今以后，无论近的还是远的，哪里也不打算再去了。

有一种人生性好动，喜欢挤压，热衷于触摸，常常将难堪误认作乐趣。罗顺纹认识这些干柴烈火，从不感到陌生。有一天夜里，他梦见一个人和一个国家，国家的幅员有一个火柴盒那么大。那个人穿着白色的浴衣，拿着一把锋芒毕露的梳子。罗顺纹梦见他的时候，他刚刚发过脾气，兴致正在向好的方面开始转化，和蔼而强烈地要求“云雨云雨”……梦醒之后，正是秋天，他不顾漫山遍野的成熟的庄稼和丰收在望的景象，赤裸裸地自己对自己说：“我也是一把干柴。”

他听到马车的声音，他感到自己眼下正若无其事地在那种摇晃不定的声音里走着，主意很多，但缺少头绪，没有中心。

从前，每年夏季来临以后，饥饿的感觉总是时刻伴随着他，形影不离，让他不知所措，甚至常常忘了自己和别人处在什么年代……现在，那样的一种极为近似的感觉忽然又回来了，但肯定不是饥馑之年的通病，而是另外的一种让人昏头昏脑的东西。你在一个雨水连绵的季节里，站在一座桥上，看到一个比较熟悉的人，你告诉了他一些真实的事情，他一脸的嘲讽和不信任。你的话语让你感到羞愧。

莽撞和冒失时常将那些性急的，甚至懦弱的人惊醒，之后便不断地分泌出羞辱。在从前的那些日子里，许多乡间的死讯多源于此。有人说，一具尸体，就是一段时光。更有人说，一具尸体就是一段不容分说的佳话。

许多人都曾领教过那种万般艰辛的时光。

七

神仙们踩着云彩，有规律地停顿在半空里，周围一带是起伏的彩虹和玉树，众多的碗大的花朵凭空悬挂着。

罗顺纹渐渐地放慢脚步，那遥远而嶙峋的仙山琼阁使他感到呼吸有点儿困难，不得不压低自己的声音，直至完全无声。真他妈的好看呀！他在心里由衷地慨叹道。没有太阳，但清朗的光线却照亮了所有的地方。一个小神仙提着灯笼，衣服和头发被风吹着。多此一举了。罗顺纹想。神仙们走路，还用得着别人给照亮吗？他们什么看不见？

至少有二十几位神仙，正要出发到某一个地方去，他们的性别不容易被辨认，不是一眼就能看出来的。他们有的两袖清风，有的手里托着一些十分模糊的东西。毋须细看那是些什么，即便看真切了，也不一定认识，不一定能叫得上来。那还用说么，肯定是常人闻所未闻的稀世之宝。

罗顺纹的身体向旁边挪了挪。他感到有人在挤他，有很多人在他的身边挤来挤去。仔细看时，却又发现只有他一个人。他没有在意，他望着一位拎着花篮的神仙，那副柔软飘逸的身材使他相信那是一位女神仙。肯定不是男的。他低声说道，仿佛在与身边的什么人商议。虽然身边没有一个人，但他一直感到脸前发热，人潮的热浪吹拂着他，身体不断地受到挤压、摇晃和撞击。他喃喃地说着，人太多了，挤成这样。

他一边擦汗，一边认真地出神地打量着、观望着。

有好几个身体和他挨在一起，热烘烘的，还紧紧地贴着，其中一个身体明显地散发着一阵一阵的恶臭。还有一个人脸上的汗竟然不住地滴答到他的脖子里，这让他感到烦躁和难受，他不无嫌恶地向旁边走开，远离他们。

他远远地走开后，却又发现周围并没有那些人。

在罗顺纹的关注的视线里，那个画匠像一只猴子，一会儿噔噔地从梯子上下来，一会儿噌噌地向上窜去。不难看出来，画匠喜欢更深一点的颜色，尤其热衷于朱红和橘黄。

跟我一样。罗顺纹愉快地想道。

这样想着，他在不知不觉中又将距离拉近了一些。去年，他曾坚持要将家里的门窗漆成红色，而他的女人则偏向于蓝绿，他们争执了将近一个月，不分胜负。最后，家庭的色调以一种双方都能勉强接受的颜色而告终：深红色加海绿。

取胜真不是一件容易的事情。罗顺纹边看边想道。

这时，那个猴子一样的画匠又窜到梯子上去了，罗顺纹听到了梯子发出的一阵吱吱的响声。妖魔鬼怪，天堂地狱，只有在庙上，才能这么画，别的地方好像都不行。一个画匠，只有在神的脚下，才能比较全面地用上自己的一套本领，画围墙多少有些委屈，那只是为了糊口。有女人和孩子在背后站着，由不得你不干。有人出了高价，要在棺材上画骏马，画豪华的小汽车和头衔惊人的名片。

……等那个画匠再次从梯子上下来以后，罗顺纹吃惊得差一点喊了起来。天哪！又是几只雁，与昨天见到的完全一样！黑色的雁，在那些凭空悬挂着的碗大的花朵之间钻来钻去，没有规律和顺序，像没头的苍蝇一样到处乱撞。

雁，不是这么个飞法呀！

罗顺纹不无焦虑地想到。除了瞎子，谁还没见过个雁！它们中间个别的快要钻到神仙的怀里去了。不像话呀！无论走到哪里，都很容易看到那种让人虚火上升的事情。……梯子吱吱地响着，画匠又上去了。

画匠已经完全不管那些到处乱飞的雁了，而开始把注意力放在一截栏杆上面。朱红的护栏，一端从云里出来，另一端尚不知去向。画匠十分犹豫地打量着，显出一副为难的样子，好一会儿不见动手。

早就画错了。

罗顺纹看着画匠的背影，暗自说道。难怪你这会儿停住手，不敢再瞎弄了。

他又向前走了几步（他又感到有一些人的肩膀和胸脯在用力地挤他），望着眼前那种云水一处的情景。他很明显地看到，丘壑和清水不在远处，正在被柔软地压缩在那些神的心中。

在那高大的墙壁上面，画匠的矮小而蜷曲的身体，看上去如一个污黑的手印。

看不到农田，当然更没有城镇的影子；花只是一种颜色（他想上什么色就上什么色），水只是一波一折的痕迹，都不归属于任何一个地方；云比人显得拘谨，虽然是日常很少见到的绿色的云，倒像是有出处、有来历的。

“我要是能以一种走亲访友的方式，到那上面去住一段日子……”

这样盘算的时候，罗顺纹的脸上渐渐变得明朗起来，一些积压多日的阴影正在悄悄隐去。一个时期以来，那丢失了的，像时光一样一去不复返的耕牛，真正让他尝到了心碎的滋味。开头的几天，他每天都有一种强烈的置身于丧事之中的感觉，从任何一个地方传来的每一声牛鸣，都包含着一种炫耀，一种催命的信号。现在，总算可以暂时不想它了。

……

画匠像一张皮一样软软地蜷缩在梯子上。

不知又过了多久，他突然回过头来，目不转睛地看着站在不远处的罗顺纹。画匠的目光里流露出来的不是杀机，而是另外的一些东西。

又有人在推推搡搡地挤罗顺纹，罗顺纹忍耐着向前走了两步，对画匠的审视已使他无心再计较其他。他站在地上，朝梯子上面看了几眼，当确认自己此生从未见过那个人时，便放心地离开了，一个人慢慢地向村里走去。

那时，天已黄昏。一只雁从他的头顶上面飞过，他看了一眼，却没有认出来。

八

山穷水尽的画匠坐在梯子上，感到自己不仅走投无路，眼下更像是一只风干已久的蜘蛛，只剩下一具空壳在风中晃荡。

庙上的大墙尚未全部画完，画匠就已感到才思枯竭，再没什么可画的了。他在惊恐中越来越觉得不可思议，几十年来对于生活的全部记忆，竟然填不满一幅画！这对于一个从未活过的人来说还情有可原，而对于画匠本人来说，不啻是一个晴天霹雳！有一瞬间，这个一向自大自满的人不可遏制地流出了伤心绝望的眼泪，幸亏没有人在场。完不成眼前的这幅画是小事，而由此带来的被人耻笑，为人所不齿，那才是真正致命的，那将累及他的一生。

没有金刚钻，还就喜欢揽个瓷器活儿。

那说的是谁，不就是他这样的人么。

画匠开始懊悔自己的那种大包大揽的胆量和热情，开始反省自己的为人。如果有两个或两个以上的人，共同来完成这件事呢？他的一个徒弟早就跃跃欲试地想要帮他一起干，宁愿只要一成的工钱，甚至一成也可以不要，只当是一次难得的锻炼和学习的机会，受教育的一个大好时机。一个人一辈子真正画大画的机会其实并没有多少，而对于一个年轻的学徒来说就更是如此。可是作为师傅的他完全不同意，而是把那个热情澎湃的徒弟打发到一个十分偏僻的小山沟里给一户人家画炕围去了。徒弟是闷闷不乐地一个人走了的。这会儿，他要是也在，那情形当然就不一样了。画匠面朝着朱红的庙墙，低声啜泣着。有一阵子，他甚至想到了逃跑，甩手不干，而这时候如果从梯子上下来，神不知鬼不觉地溜掉，那无疑更是一个愚不可及的下策。

我不能跑！不能一走了之。

画匠对自己说，我要是跑了，我几天来画的这些神仙也不会饶恕我的！我能跑到哪里去？无论逃到哪里都没用，只要他们中间的任何一个轻轻一抬手，我就又会像一只小鸡一样被捉回来，捏碎。

想到这里，画匠跪在梯子上朝那些神仙们磕了两个头。我不跑。画匠对他们说。我要想办法善始善终。

仿佛是天意所使，一筹莫展的画匠在转身的时候，突然看到水渠边站着一个农人，那个人戴着一顶草帽，穿着一身家织的土布，正站在不远处看他作画。

哈哈，终于让我逮住一个！

巨大的突如其来的喜悦使画匠差一点儿从梯子上滚落下来。画匠回过头，尽量让自己稳住，镇定下来。他感到喉咙里很痒，很想放声大叫一声，却又怕惊走了对方。他的身上披红挂绿，颜色斑驳，活到今日他才真正明白什么叫得来全不费工夫。他没有得罪、亵渎那些神，神就大方地恩赐他，给他送来一个想要的人。

老家伙，我可总算把你逮住了。画匠喃喃地说道。不管你是谁，我也要借用一下你的相貌，你的衣服和你的身体。

画匠感到思绪如泉水一样远远地涌来。这以后，灵感也跟着来了，奇异而巨大的灵感像是漫天的彩霞，要么迟迟不来，一旦来了就又挡也挡不住。

一切都湿润了……

他特意多画了一头安详而肥壮的牛，让那个农人牵着。

最后画到一条牛尾巴的时候，天已经完全黑了，神仙们逐渐从墙上隐去，附近一带的灌溉系统里传来了很响亮的水声。

九

因为天还亮着，回去的路上，罗顺纹没有像往常那样直接走大路，而是特意拐上一条岔路，去了村主任的家里。自从牛丢了以后，他找过村主任几次，但每次毫无结果。这一次，顺路回来，他仍想碰碰运气。

村主任正在和他的女人坐在他们的院子里一起用线串辣椒，辣椒很辣，两口子都流着泪。罗顺纹从外面走进来，站在院里，看着他们串了一会儿。

村主任发现了，说，有事？

于是，罗顺纹将先前说过的那些话又说了一遍。

村主任显得很不高兴，一边用手抹泪，一边对罗顺纹说：

“又说这事？牛没了，我有什么办法？我又不是一头牛！我要是一头牛，你把我牵回去好了。”

“你是村主任嘛。”罗顺纹说。

“我是村主任，这不假。”村主任说，“可是，你要是以为我啥都知道，那你就大错特错了。”

“那你都知道些啥？”罗顺纹说。

“我只知道一些国家大事。”村主任说，“一些简单的政策和小道消息。”

罗顺纹心里想，你还知道勾引别人的女人，你还知道把水泥当作磷肥往村里买……他不再看他们串辣椒了，转身向外面走去。

村主任在后面大声说：

“你没听说吴印的事吗，吴印新娶的媳妇儿丢了，至今都没找到，你一头牛又算个啥？这也要来麻烦组织？”

不算个啥。罗顺纹一边摇头，一边缓慢地向自己的家里走去。

十

已经很晚了，窗外忽然响起了村主任的说话声。

罗顺纹的女人迎出去，看到村主任站在月光下。

村主任生气地说，罗顺纹呢？这么一大把年纪了，开什么玩笑？他分明已经找到他的牛了，为什么还要去我的家里调笑我、捉弄我，让我里外不是人？

女人吃惊地看着村主任，月光照在她的身上，使她显得苍白，幽湿。

村主任说，有人看见他了，天还没黑的那时候，他牵着牛从村口那边回来，往家里走，一路上显得很高兴。

女人看着附近一带的刀尖般的山峰，夜里的月亮就是从那后面升起来的。她忽然想起三天前的那个黄昏时分，她从家里出来去菜地，在经过小学外面的路上时，听到一个声音在说：“……这是一个荷锄而归的农人，放着牛不用，自己东拉西扯。——你们看，繁重的农事把他的腰都累弯了。”女人听到那里，突然飞快地向远处的菜地跑去。……不久，村主任又冷不防说道：

“有好几个人都看见他了。”

女人抱住自己的双肩，打了一个冷战。她看到村主任站在月光下，脸上浮动着一些树叶般的阴影。

女人带着村主任来到西边的一间房子里，村主任从后面捉住她的一只手。房子里没有生火，夜里尤其显得阴冷。女人腾出另一只手，扯掉一块白布。

村主任吃惊地看到罗顺纹躺在下面。

女人对村主任说，刚到家，罗顺纹就死了。

村主任急忙松开女人的那只手。

……是晚上，做好晚饭以后，女人来到院门口向外面眺望，晚间的炊烟里浮现出暮归的牛羊和人声。过了一会儿后，女人远远地看见罗顺纹回来了。罗顺纹若无其事地走着，似乎没有看见站在门口的女人。女人伸出一条胳膊，横着挡在门口，接下去的情形她不难想象……但是，罗顺纹什么话也没说，甚至没有看她一眼。他低着头，从她的手臂下面钻过去，回到了院子里。

一九九七年四月

一个秋天的晚上

他们沿着冈上的小路走了一段，不久以后，石灰窑白色的轮廓出现在他们的眼前。夜晚里的石灰窑看上去像一种劫难过后的遗址，附近一带的树木和路都是白的，没有人在其中行走，连一个守夜的也没有，平日里在石灰窑干活儿的那一百多号人仿佛全部消失了。借着两间平房里透出来的黄色的灯光，他们看到了那些被随意丢弃在场地上的垂死的工具、独轮车的影子和梯形的铁槽。

他们停了下来。

“我舅舅是这里的会计。”万荣对赵玲说。

“就是那个一只眼的人吗?”赵玲说，“他是你舅舅？有一次我和毛毛小丽她们，我们从这里路过，他斜着一只眼睛看了我们很久。我们以为遇到了坏人。”

“他就不能看看你们吗，那有什么不对?”万荣说，“他也算石灰窑的领导。”

“他那样子像是在看贼。”赵玲说，“我们只是路过，我们又不是要偷他的石灰。我们是五个姑娘，我们要石灰干什么呢?”

“你们当然偷不了石灰。”万荣说。“石灰是世界上最难偷的一种东西，走一路撒一路，就算你包得再严，也还是免不了要败露。”

“我们就是不想让他那样看。”赵玲说。

“不看就不看吧。”万荣说，“其实看了又有什么，他不是已经看了么。”

“就是不想让他看。”赵玲说。“你还替他说话？你们……”

“好吧，就算我没说。”万荣说，“咱们不说这个了吧。”

“是你先提起他的。”赵玲说。

万荣感到自己的心里飘起一种呛人的烟雾，他不能肯定那是石灰。飞起的石灰会变成弥天的大雾，在天气晴朗的日子里，谁都看不到谁的脸。一百多号人的石灰窑有一个三人领导小组，万荣的舅舅就在其中。舅舅几十年来每天在白雾中出没，他的那只眼睛就是被石灰弄瞎的，从那以后，他的表情经常像是在瞄准。一只眼的会计，算盘打得又快又准。赵玲说他曾经斜着另一只眼睛打量过她们几个姑娘，未必就真是那样，也许引起他注意的是远处的一片云，一池沉淀多日的白灰，很难说那是什么。

万荣的手里握着一把绿色的豌豆苗，从村里出来以后他就一直在粗枝大叶地嚼着，滤净水汁，吐出渣滓。晚上的饭他没有来得及吃，他正在村口的水渠边徘徊，赵玲忽然从几棵树后闪了出来，对他说，要走就快走。

“我还没吃饭呢。”万荣说。

“那你就吃你的饭去吧。”赵玲向前面走去。

“我自己去。”她说。

晚风吹拂着赵玲的头发。

我没说不去，万荣想，我只是说我还没有吃晚饭……万荣望着赵玲的背影，独自喃喃地说道，我提吃饭干什么呢？那有什么意思？一顿不吃就能饿死？我真没用，越活越愚蠢，连话都不会说了。他看到赵玲在前面走着，带着某种不可回转的意气。他回头看了一眼身后的村庄，很快便追上了越走越远的赵玲。

“我不吃了还不行吗？”万荣对赵玲说。

他从旁边的地里扯下几簇豌豆苗拿在手里。下午的时候，他们听说八里以外的矿区放映电影，他们当然要去看。那里经常放映电影，他们每次都去。许多单身的工人都住在那里，要是不放电影，晚上的时光很难消磨，不时会传来惨叫声或哀号声：“啊……啊……”

身后的村庄已经看不见了。万荣嚼着豌豆苗，渐渐地，他发现了一个奇怪的现象，整条路上实际上一直只有他和赵玲两个人在走，此外他们再没有看到任何一个人，与以往的情形完全不同。哪一次去看电影，这条路上不是走满了人？最先到达矿区的人已站到了白色的银幕前，最后面的人才刚刚走出村口，而现在……万荣忽然停住了，他碰碰赵玲的手，很想对她说点什么，可是又担心会把她重新触怒。

他们站在黑暗的山梁上。

“怎么一个人都不见？”万荣说。

“你不是人？”赵玲说。

“我是说，走了这么半天，只有咱们两个人。”万荣说，“以前可不是这样的。人都哪去了？会不会不放电影？”

“别人都早走了。谁像你？”赵玲说，“说不定早就开演了。”

“不可能。”万荣说，“这时候还太早，‘野人’根本没有吃饭，不可能提前给他们演，至少也得等到九点以后。”

“你又不是‘野人’，你怎么知道他没有吃饭？”赵玲说。“是你没有吃饭。”

万荣刚要说什么，忽然感到自己的嘴被山梁上的风塞满了。“野人”就是矿区里的那个身高一米九〇的放映员，所有看电影的人都认识他，但他们不知道他的真实姓名。万荣知道“野人”是那个放映员的外号，放映员真正的名字叫张万一。从某种意义上来说，张万一是一个节日，他活在所有喜欢看电影的人的眼里和心中。万荣想，如果不出什么意外，“野人”张万一这个时候肯定还没有吃饭。但是。万荣不想与赵玲做更多的争辩，两个人一起出来是为了去看一场电影，为了高兴，不是为了争辩，谁对谁不对都无所谓，和一个女人辩论，争长论短，不仅没有任何意义，而且也不是一件轻松好玩的事情。万荣这样想着，渐渐感到自己的脚步和头脑变得快捷而如释重负。

他们沿着冈上的小路走了一段，不久以后，石灰窑白色的轮廓出现在他们的眼前。万荣原本想带着赵玲去舅舅住的小屋里看看，现在他已不打算去了。想想看，赵玲对那位一只眼的石灰窑的会计抱着多大的成见？他留给她的印象恶劣而难以磨灭，怎么可能去见他，这样的建议，就连稍微提一下也是多余的、危险的。

冈上的草有些已经枯黄了，在他们行走的过程中常常被踢断或向一边倒去。

他们站在浑圆起伏的山冈上，望着下面的几里以外的灯火。那灯火就是矿区居民点的标志，但不是放电影的象征。灯火每天晚上都有，但电影却不是天天都放。万荣和赵玲努力向那灯火处眺望，冈上的风吹拂着他们的衣衫。他们期望能目睹到一幅人声鼎沸的景象。

“我闻到硫黄的气味了。”赵玲说。

“是石灰。”万荣说。

“就是硫黄。”赵玲说。

黑暗中，万荣看着赵玲的脸。真是可怕呀！……女人，女人们咋都这样？万荣听见一种低远模糊的说话声，仿佛是从眼前的土里传出来的。万荣想，一个人要是从小到大一直坚持说真话，心里想什么嘴上就说什么，无遮无拦，那将会得罪遍所有的人，是的，所有的人，不管对方是谁。

“我喜欢硫黄。”万荣说。

“硫黄有什么好的。”赵玲将脸前的头发向两边分开，“我不喜欢。”

“我也不喜欢。”万荣说。

他们离开沉寂无声的石灰窑，沿着崎岖的小路向山冈下走去。下了山冈以后就到达那个矿区了。居民点、机关、商店和学校构成一个集镇。有一条河，河上的一座软索桥上铺着木板；一个人走上去，木桥是平稳的，许多人都走上去以后，整座桥便开始猛烈地向左右摇晃，嘎嘎作响。每次放电影的时候，都会有一些人在那座软桥上搞恶作剧，将桥身猛烈地摇晃着，仿佛要掀起来飞到天上去了，致使那些从桥上路过的女人们吓得胆战心惊，尖声呼叫。桥一开始摇荡，她们就不敢动了，呆站在原地，进退不能，骑虎难下。在万荣的记忆里，有一个皮肤白皙的女人曾在桥上被吓得尿湿了裤子。

他们从宽阔的磅秤廊里走过。白日里，这个巨大的磅秤上时刻都停放着等待过磅的车辆，现在一辆车都没有了。万荣和赵玲从磅秤上走过的时候，从他们的脚下传来了沉闷的隆隆声。赵玲忽然抬起腿在上面使劲跳了几下，他们的周围立刻充满了震耳欲聋的声音。沉闷的磅秤在咆哮，像是山在轰鸣、发怒。万荣看见旁边的一扇小窗突然打开了，一位值夜班的磅秤员从里面探出头来，冲他们说道：

“深更半夜的跳什么！公家的东西就可以随便糟蹋吗？想跳回你娘的肚皮上跳去。”

万荣看见赵玲被那个人吓了一跳。万荣让赵玲站到自己的身后，赵玲的一只手忽然放到了他的背上，万荣感到身上一阵发热。

“跳一下就怎么了？”万荣来到小窗前，对那个磅秤员说道。

“没怎么，我就是不想让你们跳。”磅秤员说。“谁让你们走到这上面来的？你们又不是需要过磅的载重汽车……”

“你才需要过磅呢。”万荣说，“看你肥头大耳的……”

“你骂人？”磅秤员瞪着眼睛，似乎要从窗户里面冲出来。

“你想干啥？”万荣说。

“你们想干啥？”磅秤员说。

赵玲在后面拽了一下万荣的衣服，她低声对万荣说，咱们走吧，不去看电影了？万荣听到赵玲的话以后，看了一眼那个磅秤员，磅秤员也正在看着他。万荣对他说：

“不和你吵了。我们要看电影去了。”

“……”磅秤员迷惑不解地站在窗户里面，仿佛刚从梦中醒来。

万荣和赵玲走出去一段以后，听到身后传来砰的一声，万荣回过头去，看到那扇小窗已经关上了，整个磅秤廊内漆黑无边。万荣伸出手，试探性地搂了一下赵玲的腰，赵玲没有动，也没有向旁边躲闪，于是，万荣很冲动地搂住了赵玲的腰。

“是咱们不对。”赵玲说。

“他也有毛病。”万荣说，“他把你吓了一跳，是不是？”

“没有。我是被磅秤的那种隆隆的声音吓了一跳。”赵玲说着，回头去看后面，这样一来，万荣的那只手仿佛嵌进了她的肉里。赵玲感到自己很想靠一下，依靠或者借以喘息。“我没想到它的声音会那么大。”她说。

“那当然。”万荣说。

满天繁星。从磅秤廊那一带算起，他们已正式进入矿区了。现在，他们向放映电影的那个篮球场走去。鼓风机单调的呜呜声在夜晚里回荡着。他们闻到了机器的气息，煤、焦油、新鲜松木，甚至沥青的气息。不远处的一个角落里有两间低矮的小平房，在门外惨白的灯光下，他们看到了两只靠在墙上的花圈。

“又有人死了。”

万荣低声对赵玲说道。

万荣感到赵玲的身体突然颤抖了一下，于是，他吹了几声口哨。万荣想在这个秋日的夜晚里为自己和赵玲——主要是赵玲——吹一曲广播里的唱段，但吹得非常不准。一路上太寂静了。赵玲听到万荣的口哨以后，慢慢抬起了头，对万荣说：

“你就不怕吗？”

“有什么可怕的，”万荣说，“死人的事是经常发生的。”

“也许今晚真的没有电影。”赵玲说，“我们走了一路，一个人也没有看到。”

“有没有，过了河就知道了。”万荣说，“已经走到这里了，难道返回去不成？三头六叩都过来了，还在乎这最后一拜吗？”

“以前从来不是这样的，哪有这么静？”赵玲说，“哪一次放电影路上不是走满了人，像赶庙会一样，可今天……”

“我不相信‘野人’这么早就吃过饭了。”万荣说，“他是一个非常懒散的人，绝不会提前从家里出来给他们演。绝不会。”

又走了一会儿以后，他们忽然想起一个早已被他们忽略了的问题。

“你听谁说今晚有电影？”赵玲说。

“不是你告诉我的吗？”万荣说。

“我告诉你的？”赵玲睁大眼睛看着万荣。“我告诉过你吗？什么时候？”

“下午……”

万荣吃惊地望着赵玲。……午后，他刚刚从睡梦中醒来不久，正坐在门前出神，那时候，有一个人忽然轻轻地向他走来。他抬起头，看到午后的阳光像手电光一样向他照射过来，使他眯起了眼睛……

“你没有告诉我？”万荣低声问道。

“我怎么会告诉你？”赵玲说，“我还是听你说的。你走后，我一直在想，矿上的人也许是疯了，前天晚上刚刚放过两部电影，今天怎么就又要演了？我爷爷对我说，再去看吧，他们演你就去看，睡不着觉，不看电影干什么？”

赵玲感到万荣的手里出满了汗，湿漉漉的使她很不舒服，她慢慢地将自己的手从他的手里抽了出来，万荣似乎没有发现。

“赵玲，赵玲，你听我说，告诉你演电影的那个人绝对不是我。”万荣对赵玲说。他的脸上趴着一种疲惫而恍惚的笑容，应该说那是一种无奈的苦笑。

“我也像你那样想过。”他说，“你走后，我就在想，怎么了？咋又演电影了？前天晚上，‘野人’张万一一边放映，一边对周围的人们说，要看就好好看，吵闹什么？一段时间以内不会有电影看了，全是老货色，新片子一个月以后才能拿到手。人们说，为什么要等一个月？张万一说，任何事情都需轮回，新片子轮不到我们这里，你们看个蛋？人们说，那就再看老片子，翻来覆去地看。张万一说，你们愿意看，我可不愿演，老是瓦西里、张军长，有什么意思？”

赵玲望着万荣，这时候她忽然听到了河水的声音。

他们已来到软索桥边了。

赵玲现在已经知道今晚没有电影了。过了桥就是那个放电影的篮球场，以往每次走到这里以后，电影里的对白和音乐早就越过河水飘过来了，而现在，整个夜晚里只有鼓风机嗡嗡的声音在长久地回荡着。

万荣没有意识到自己已来到了河边，前天晚上的情景又一次浮现在他的眼前。……电影放到一半，白色的银幕上忽然出现了一段烧得焦煳的胶片。那时候，人们听到电影里的音乐仿佛被风刮得跑了调，像一个摇摇晃晃的醉汉。

前面的人群里忽然有人高声骂道：

“‘野人’，我操你祖宗。”

“他妈的谁在骂我?”“野人”张万一说，“再骂我我可就不给你们演了啊?马上关机，说到做到。”

很快，电影就停了，银幕上什么也没有了。紧接着，放映机上的一盏小灯亮了，人们看见“野人”的一头枯黄的头发乱草似的站立着。

现在，长长的软桥上面一个人也没有。

赵玲首先来到桥上，她看到有些木板不知什么时候已被人抽走了，下面的流水声清晰地传了上来。河水发出低声的喧哗，像是有人正在河边洗刷什么东西。天这么晚了，什么人还会在这黑暗的河边洗个不停?赵玲站在桥上，低头向没有了木板的空档下看去，她没有看见河水，只看到几块白色的石头。一阵风吹来，木桥发出一种吱吱的响声。一个缓慢的影子来到桥上，是万荣。

“这桥好像要断了。”赵玲说。

“我们白跑了一趟。”万荣说，“篮球场上一个人也没有，只有一只猫。”

他们站在桥上，朝那个五十米以外的篮球场上看着。四周有几盏灯亮着。他们看到了那个空荡荡的坐北朝南的铁架，那是悬挂银幕的地方，现在，那里什么也没有。

“你说的那只猫在哪儿?”赵玲看着那边，“我怎么没看见?”

“我们都被一个假消息骗了。”万荣自言自语地说道，“不知是谁骗了我们。”

“过去看看吧。”赵玲对万荣说，“我看见那个商店里还亮着灯。”

“我们是来看电影，不是来买东西的。”万荣说，“你要买什么？”

“不买就不能去看看吗？”赵玲说，“你要看电影，可人家根本不演。”

万荣伸出一只手，做了一个莫名其妙的动作。两个人扶着铁索向桥的那边走去。木桥轻轻地摇晃着，像微风里的一架秋千。一段时间以来，赵玲发现万荣有点儿像一个急躁不安的聋哑人，时常因口不能言耳不能闻而发出某种呜呜的含糊不清的叫声，赵玲多数时候不明白那种接近于抽搐的含义。许多常见的人看上去似乎一直觉得很熟悉，可某种时候一旦认真追究或推敲起来，才终于发现一切原来都陌生得令人吃惊，甚至可怕。你要看电影，可人家根本不演，你不想买东西，商店里的灯却一直亮着，店门虚掩，像一只口袋，随时等你进去。

不久以后，万荣和赵玲来到了空荡荡的篮球场上，场上的昏暗而灰白的灯光使他们看上去像两个孤零零的影子。

万荣向前走了几步，指着脚下的位置对赵玲说：

“要是放电影的话，张万一和他的放映机就在这里，每次都在这里。”

“我知道。”赵玲说道。

每次看电影，她都能看到“野人”张万一那鹤立鸡群的样子，他瘦得像一只鸟，比普通的人高出一头还多，而他的女人身高却不足一米五。赵玲曾听到别人说，那他们怎么睡觉呀，上下都不配套，简直没法睡。如果从上面找齐，与她的脚对应的是他的大腿，如果从下面找齐，她的嘴正好对着他的肚脐。真是难办呀。

万荣在空寂的球场上走了一圈。在灰白而昏暗的灯光下，万荣看上去像一个久治不愈的病人。赵玲对万荣说：

“你的脸色很不好看。”

万荣没有说话，向四周打量着，张望着。他看到了几排单身宿舍，关着门的医院，空气中飘着一种饭菜的气息，久久不散。

“不是你的脸色很不好看，”赵玲忽然又对万荣说道，“是这里的灯光很不好看。站在这种灯下，谁的脸色都会很不好看。”赵玲说着话，轻轻地踢着地上的一块小石子，来到万荣的面前，她仰起脸看着电杆上的灯，低声说：

“国家为什么要制造这么难看的灯？把人都照得像坏人或病人一样？”

“我哪知道？”万荣说，“你不是要进那个商店里去看看吗？你带钱了吗？我身上只有不多的一点儿钱，还有一斤粮票。”

“难道进去看看也要钱吗？”赵玲说，“很多人进商店都是空着手进去，又空着手出来，什么也不买。”

“那咱们就去吧。”万荣说。

商店里的一个粗脖子的男人正在一个小本子上记着什么，听到门响后，他看到一男一女两个年轻人从外面走了进来。粗脖子的男人歪着头，将一支铅笔放在嘴里吱吱地咬着，像一个遇到了难题的小学生，那个小本子上的密密麻麻的东西使他的眉头一直紧锁着。他认真地审视着，又像在端详一张照片，因视力不好而一会儿将本子与眼睛的距离拉开，一会儿又贴到脸前。不久，他发出了轻微的喘息。

万荣和赵玲从外面进来，他们站在柜台前，他们闻到了货物的气息，主要是食品、油污和纸张的气息。万荣的手放在柜台上。万荣只顾浏览货架上的东西，没有听到商店的柜台在自己的两个手指的敲击下发出了一连串急促如水的声音。两把绿色的牙刷和一个棕黄的鸡毛掸子映入了万荣的眼帘，他对赵玲说：

“毛太少了。”

不知道万荣说的是牙刷上的毛还是那个鸡毛掸子上的毛。赵玲没有说话。赵玲从货架对面的一只镜子里看到了自己的脸——一张苍白而神色黯然的脸。赵玲没有在意，因为她看到那只镜子的表面蒙着一层尘埃，是灰尘的影响，是那些东西在作祟。站在这样的镜子面前，无论你有一张多么生动鲜亮的脸，也照样会令人感到沮丧。就像刚才在篮球场上时一样，不是万荣的脸有什么问题，而是头顶上面的那种灯光使他的脸变得很难看。更何况我又不是什么美人，赵玲想，我只是一个普通的姑娘。

商店里的那个粗脖子的男人忽然听到有人很使劲地敲他的柜台，声音急躁而持久，那是要买东西的信号。他没有抬头，但飞快地说道：

“稍等一下，我马上就完了。”

万荣和赵玲站在柜台前，他们呼吸着各种货物散发出来的气息。

“现在有几点了？”赵玲说。

“不知道。”万荣说，“差不多快十点了吧。”

他们两个人的手上都没有表。万荣看了一眼商店里的粗脖子男人，对方穿着一件提前上了身的短大衣，胳膊显得很粗很厚，无法知道他的手腕上是否戴着表，但万荣估计他一定戴着表。没有表的人有时候像一个瞎子，万荣想。等再过些日子，大雪一到，家里卖了那只猪以后，一定要给赵玲买一只表了，不买不行了，无论从哪个方面来看，都说不过去了。是的，买一只表……万荣这样想着，耳边忽然听到了一阵钟表的走动声。

真奇怪呀！万荣想。我刚说卖了猪以后要给赵玲买一只手表，耳朵里马上就听到了表的走动声……他朝商店里的那个粗脖子男人看去，他以为那个人这时候正在撸起袖子看表，但他马上就发现那个人并没有在看表。是的，那个人仍然在对付他手里的那个小本子，手里拿着一支铅笔在上面勾一下，画一下，之后又放到嘴里吱吱地咬着，像一个刚刚升入二年级的小学生，将铅笔头咬得湿漉漉的、烂糟糟的……万荣看着看着，忽然笑了。万荣想起自己小的时候也是这样的，一支铅笔用不了两天就全“吃”完了。

“你笑什么？”赵玲对万荣说，“给你买一个打火机吧，你要不要？”

“我不要。”万荣说。

“真的不要？”赵玲说。她看着柜台里面。

“有了打火机，到哪里灌汽油去？”万荣说，“没有汽油是打不着的。”

这时，商店里的那个粗脖子的男人合上了手里的那个小本子，将铅笔放到货架上。他看着站在柜台外面的两个人，对他们说：

“你们要买什么？”

“我们是来看电影的。”万荣说，“我们不买东西。”

“不买东西？”

“对，啥也不买。”

“那你们乱敲什么？”粗脖子的男人十分恼火地说道，“你什么也不买，为什么要敲我的柜台？我还以为你们有什么急事呢，不像话！”

“我敲你的柜台了吗？”万荣隔着柜台对那个人说，“我是来看电影的，我敲你的柜台干什么？”

又对赵玲说：

“你听见我敲他的柜台了吗？我没有敲他的柜台，我没敲。”

“我没听见。”赵玲说。

“家里有急事的人才会那么使劲地敲。”那个人说，“你们出了什么事？”

“你家里才有急事呢。”万荣说。

“你是个疯子。”

“我们本来刚才还打算要买你一个打火机，现在我们不买你的了。”

“我还不想卖呢。你们爱买不买！我的东西要是一下子全卖光了，我还得动身到县里进货去，多麻烦！我不想费事。货是公家的，又不是我的。我又没请你们来，是你们自己乱七八糟地闯进来的。我要不是有事耽搁到现在，我早关门回去了，你们哪能进来？你们的魂也进不来。你们让我感到很心烦。”

那个人起劲地说着。万荣忽然看到他的粗脖上有一道深深的红印，两道亮闪闪的伤疤。眼前的这个人曾经一定被人杀过一次，万荣想。为什么到现在他还依然活着呢？不是因为刀子不快，就是因为那个人的手太软。

“出去吧你们，我要关门了。”

晚上十点左右的时候，他们又来到了那个空无一人的篮球场上，天气有了凉意，一些废纸在球场上刮来刮去。那个商店里的灯光已经熄灭了。

万荣和赵玲两个人互相看着，球场上灰白的灯光使他们两个人的脸色都很难看。万荣的脸朝着某一个方向，细心地谛听着。

“咱们回家吧。”赵玲说，“都已经这个时候了，不会再有电影了。”

“他们会不会突然转移了地方，”万荣站在那里，像是在自言自语。“临时决定……”

“你说什么？”

“以前曾经有过那么几次，他们因为怕冷，或者嫌人多，他们把电影悄悄地弄到礼堂里去演。你要是来得晚了，你就会看到这个篮球场上空荡荡的没有一个人，你就会以为没有电影，而事实上……”

“演电影难道也能悄悄地演吗？一点儿声音都不出，像哄孩子睡觉一样？”

“赵玲，我知道了，他们这会儿一定都在那个礼堂里。”

“礼堂在哪里？”

“穿过这几排单身宿舍，一直往里。大礼堂、小会议室都在那里。”

于是，他们两个人离开篮球场，穿过那几排刷着绿油漆的单身宿舍，向里面走去。在经过一间宿舍的外面时，赵玲忽然听到从里面传出一阵响亮的呼噜声。赵玲向那间垂着窗帘的宿舍看了一眼，低声对万荣说：

“你听见没有，有人在里面睡觉呢。既然礼堂里正在演电影，他们为什么不看电影？”

“他们一定是刚下班回来不久，如果不抓紧时间睡觉，接着再去看电影，他们的身体会受不了的，会很快垮掉的。”

赵玲点点头，她觉得万荣的话很有道理。

他们向里面的纵深处走去，他们见到的这里的灯光和外面的篮球场上的灯光完全一样。几乎所有的房子都关着门。万荣不断地指着一些房子让赵玲看，那是粮店。那个是菜店，菜店里面什么菜也没有，满地都是土豆和蒜。那是灯房，最高处的那间垂着蓝色窗帘的房子是通信站，也可能是话务室，总机。

“差一点儿就让他们骗了。”

万荣用十分侥幸的口吻对赵玲说道。

“真是的，我一点儿也不知道他们会把电影搬到什么礼堂里去演。”赵玲说，“电影难道是专门给少数人演的吗?”

“电影是他们矿上的电影，他们想怎么演就怎么演。有一次，矿长的妈从老家来了，矿长就让‘野人’张万一带着放映机和银幕去矿长的家里演，专门给那个老太太演。”

“你是咋知道的?”

“‘野人’亲口说的。”

“他怎么敢那样说？他也是矿上的工人，他难道就不怕矿长……给他小鞋穿?”

“他是喝醉了酒以后才说的，不喝醉他也不敢。那种时候，他已经管不住自己的嘴了。就像一个人得了痢疾一样，一切都不由你自己了。”

“我想，很多人都不知道他们在礼堂里偷偷地演电影，咱们村里还有谁知道这个秘密？除了你。”

“除了我，还有倪生知道，还有好几个人。”

“怎么没看见倪生来?”

“也许早就进去了，说不定这会儿正蹲在礼堂里看呢。”

“倪生比你精。”

“他也不过是比咱们早到一会儿罢了。”

“要是听了我的话，咱们这会儿正往家里走呢，是不是呀？”

“要不然怎么会把你们这些人称为女人呢？女人就是头发长见识短，头脑一发热，就要回去呀，不干了。回去干什么呀？我们不回去，我们出来就是为了看电影。——呶，看见礼堂了吗？那间亮着灯的大房子，那就是礼堂。”

他们绕过几棵柏树，向那些明亮的窗户前走去。事实上那不是他们要找的礼堂，而是一个带着饭厅的职工食堂。所以，当他们两个人站在窗外向里面观望的时候，他们看到里面并没有在放电影，有五六个人正在里面吃饭。隔着玻璃，他们看到了鲜红如血的辣椒和热气腾腾的面条。万荣看见一个人坐在椅子上，用筷子挑起一大团面，接着猛地张开嘴，一下子就将所有的面条都放进去了。

万荣吃了一惊。

“好大的嘴呀。”万荣想。他听到自己的肚子咕咕地叫了起来。

“这就是礼堂吗？”赵玲对万荣说。

万荣将脸贴在玻璃上没有动。现在他们多少明白了一些，原来礼堂里也不演电影。万荣皱着眉头对赵玲说：

“这个礼堂也变了样了，凳子好像都重新放过了，原来的长桌都换成了现在的圆桌……”

“这是你以前见过的那个礼堂吗？”赵玲说，“我看不像礼堂，倒像一个饭堂。礼堂里怎么会有人吃饭？”

厨师们握着刀，在里面走来走去。

靠墙的一张案子上放着一大块肉，有四五十斤。万荣看见一个年老的厨师领着一个年轻人走到那块肉前，年轻人的手里提着一把明亮的斧子。老厨师说完话以后，就转身走开了。那个年轻人突然将手中的斧子高高地举过头顶，然后又落在那块肉上。

“啊……”

万荣在窗外突然发出一声低沉的惨叫，赵玲被吓了一跳。

“你怎么了？”赵玲说。

“我的背上很疼，”万荣说，“好像让针刺了一下，又像被人砍了一下。”

“怎么会呢？”赵玲说，“我的手一直就放在你的背上，你的背怎么会疼呢？是不是他们在里面砍肉把你吓了一跳？”

“砍肉有什么好怕的？又不是砍我。”

“这回咱们真的回吧。”赵玲说，“今天晚上，哪里都没有电影了。”

他们从里面走出来以后，夜已经很深了，街上吹着冷风，到处都弥漫着一种睡眠的气息。又一次走到那个露天的篮球场的边上的时候，万荣听到耳边忽然传来一阵尖利而急促的哨子声，哨音持续不落……万荣的一只脚重重地在地上踏了一下，然后一跃身，使自己的身体在原地跳了起来……赵玲看到万荣做了一个投篮的动作。

“你在干什么？”赵玲说。

万荣的脸上仿佛落满了尘土，嘴边挂着一种使赵玲感到陌生的笑容。

他们沿着来时的路往回走。

“我有一个疑问，”赵玲对万荣说，“会不会是矿长的妈又来了？”

“你是说，‘野人’张万一带着放映机和银幕又被矿长叫走了？”万荣说，“这个时候正在给那个老太太一个人演电影，是不是？”

“我是这么想的。”赵玲说，“可是，天这么晚了，她难道还不困吗？”

“她才不困呢。”万荣说，“人老三大怪，其中就有一个不瞌睡。她能熬一个通宵，把‘野人’熬得睁不开眼睛，她仍然不觉得困。”

“假如有一天你也成了矿长，你会不会也把放电影的人叫来，给我妈一个人演？”

“会的，肯定会的。不过……我先得把大伙儿都稳住，我不能像他这么过分，哪能老在自己家里干呢，我做得不会像他这么绝。”

“人们一定把那个矿长骂死了。”

“一开始的时候有人骂过，现在没人骂了，都习惯了。人们都知道自己要是有朝一日得了势，也会那么干。每个人都有一次机会。”

“我要是矿长的妈——那个老太太，我才不会一个人在家里看电影呢，那有什么意思。搬一只椅子，坐在礼堂里，不也很好吗？”

“你觉得好，可有的人却觉得不好。”

他们慢慢地走着，来到医院的围墙外面的时候，他们先是闻到了一阵熏人的酒气，接着就看到了一个身体瘦长的人躺在那里。万荣走到近前看了一下，然后吃惊地对赵玲说：

“好像是‘野人’。”

“他怎么会躺在这里？”

赵玲刚走上来，又立即向后面退去。她看到周围的地上湿漉漉的，那个身体瘦长的猛一看很像是“野人”张万一的人躺在那里，看上去像一棵砍倒后的树。他不在矿长的家里，也不在自己的家里，一个人躺在这里醉得不省人事。现在，万荣和赵玲两个人终于确信了一个事实：今天晚上，哪里都没有电影。

“真的是他么？”赵玲说。“他家里的人为什么不出来找他呢？”

“很多的女人都这样，非常让人伤心。”万荣说，“眼看她们的男人就要死了，她们根本不动心，不闻不问，无情无义。名义上是夫妻，实际上很难说他们那是一种什么关系。”

“很多的男人就好吗，就能说他们是好东西吗？”赵玲说，“你看看，你看看他醉成这个样子，他对得起谁？”

“他心里有苦。”

“谁没有苦？这个世界上，差不多每个人都有一肚子苦水。好像就他一个人苦大仇深似的，他的女人才倒霉呢。”

“你也觉得苦吗？”

“那当然。问我干什么！”

“唉，唉，他喝醉了酒，咱们吵什么，又不是我喝醉了。”

“有人大老远来看电影，放电影的人却睡在这里。”

“一直没有看见他的脸，还不能肯定这就是他。”

“我也越看越觉得他好像没有‘野人’那么高。”

“没办法看见他的那个耳朵，‘野人’的一个耳朵上有两个豁口。”

两个人都不说话了。他们在那个瘦长的身躯旁站了一阵，不久便离开了。临走前，他们听到了一阵声音，声音是通过酒气飘到他们的脸前的……他们刚刚离开那里，一只急急忙忙的狗突然出现在那里。

赵玲对万荣说，你看——

那只狗正在用它自己的鼻子闻那个人的鼻子，又伸出粉红而腥热的舌头舔他的脸。万荣从地上捡起一块石头朝那里扔过去，石头没有打中那只狗，却落到了那个人的腿上。那只狗仍在那里徘徊。万荣叹了一口气，对那只狗说，你想吃了他吗？他不过是暂时醉了，他并没有死。他有可能是专门负责放电影的张万一，这一带所有的人都认识他，你要是吃了他，以后谁给我们演电影？你能给我们演吗……

那只狗夹着尾巴溜走了，像来的时候一样。

万荣和赵玲来到河边，走到软桥上。他们听到有人在拉二胡，声音凄婉哀怨。赵玲抬起头听着，万荣忽然将她拉到自己的脸前。

“谁在拉二胡？”赵玲说。

万荣灼热的呼吸吹拂着她的脸颊，使她有一瞬间听不到附近的二胡的声音了。她回过头，向后面望去。

“不知道”万荣说。

“拉得这么伤心，”赵玲说，“心里一定有很多的麻烦事。”

“也不一定，”万荣说，“并不是所有拉二胡的人心里都有麻烦事。”

“那你说说，谁不麻烦？”

“比如剧团里那种拉二胡的。”

“那是他们的工作。就算是工作，你就能保证他们心里没有麻烦事?”

“那哪能保证？不过大多数的时候，他们看上去还是很高兴的，在舞台上拉得摇头晃脑。你又不是没见过，你也见过。”

“我说的是这会儿正在拉二胡的这个人，你又扯到了舞台上。”

“因为你让我找一个心里没有麻烦事的拉二胡的人。”

“你这个傻瓜。”赵玲说，“你就找到了他们?”

“我这会儿只能想到他们。”

“你就会打岔。”

“我打什么岔了?”

“还说没打？那么好听的声音，让你一搅和，一点儿也没听上。”

确实，到这时他们才忽然发现他们两个人光顾着一来一去地说话了，连那二胡声是什么时候没有了的，也完全没有发现，丝毫没有意识到。也许，人家早就不拉了？也有可能刚刚才停止了。

“对不起，”万荣对赵玲说，“都怨我，不该打岔，说了那么多的话。”

赵玲没有说话，她侧着脸，好像正在努力用耳朵在重新捕捉什么。

“说不定他只是中间停顿一会儿，”万荣对赵玲说，“过一会儿还要拉。”

他们站在黑暗中，有一阵没有说话，像是在等待和聆听。

后来，赵玲忽然说：

“走吧。”

刚走了两步，万荣忽然听到一阵幽幽咽咽的二胡声。他停下来，很激动地对赵玲说：

“你听，你听，又开始了——”

风里确有一种那样的细细的声音，不过，有点儿像二胡声，又有点不像，而且时断时续，不是你想听的时候就有，你正打算要听，却又没有了。

……软桥缓慢地向两边摆动着，在他们走上去以后，发出一阵吱吱嘎嘎的响声，他们慢慢地向前面走去。

赵玲走到前面去了，万荣听见自己的脑子里又在嗡嗡地叫着，眼前一会儿浮现出一幅白色的银幕，一会儿又是石灰窑死寂的轮廓，两边的玉米吐出胡须般的红缨。

他们沿着来时的路往回走。不久以后，他们忽然听到前面的路上传来一阵厮打声和啼哭声。一个半黑影站在路上——那是一男一女两个人，女的哭着跪在地上，抱着那个男人的一条腿，所以看上去像是半个影子。

万荣和赵玲走过来的时候，听到那个女的边哭边说：

“我不是专门的，我以为屋里只有你一个人……”

“滚回去！我不想看见你。”

那个男人飞起一脚将女的踢翻，然后向矿区的方向扬长而去。他们很快就明白是怎么回事了。赵玲走过去对那个女的说：“你为什么不回去？他打了你，你还求他，我真不明白你是怎么回事。你快回去吧，啊，你要是追上去，他还会像刚才一样打你。我看见他下手很重，这会儿路上一个人也没有，他会打死你的。”

那个女的没有说话，忍着痛从地上爬起来，一边呜呜咽咽地哭着，一边跑着追那个男人去了。赵玲在后面对她说道：

“你为什么还要去追他？你追上去不会有好结果的。”

望着那个踉跄而去的身影。万荣想，好像天底下的男人都死绝了，就剩下那最后一个了，所以才要拼命追赶。

“什么死男人！”赵玲跺着脚说道。“自己干了无耻的事，还要打人……气死我了。”赵玲气呼呼地瞪了万荣一眼。

“我怎么了？”万荣说，“好像我打了你。”

“你敢？”

他们走在回家的路上。

又一次路过那个漆黑的磅秤廊的时候，万荣的身体忽然神经质地跳了起来……赵玲走着走着猛然听到一阵震耳欲聋的声音在周围响起，声音显得无边无际，赵玲在眩晕中感到自己的身体轻飘飘的像一片树叶，很快就要从黑暗的磅秤廊里飞出去了……这时，一道雪亮的手电光突然照在万荣的脸上。

“又是你们？”一个声音在说，“他妈的你们这是怎么了？一晚上折腾，到底想干什么？”接着又叫了一个人的名字，不是叫马达，就是叫马蛋，他们没有听清。

突如其来的强烈的光线使万荣猝不及防地闭上了眼睛。没有人注意到在万荣的眼睑下面挂着两颗水珠。

赵玲看见那个叫马达或者马蛋的人从里面冲了出来，他没有穿衣服，全身上下只有一条白色的短裤，手里握着一根长长的铁矛。“他妈的我叫你再跳——”那个叫马达或者马蛋的人口里说着，手中的铁矛不容分说地向万荣的脸前打去。

赵玲听到一种接近于坍塌或坠落的声音……赵玲知道万荣被打倒了，她发出一声尖叫。那两个人灭了手电，跑回屋里去了。

……很久以后万荣苏醒过来。赵玲抱着他，赵玲的眼泪流到他的脸上，万荣在温热中睁开了眼睛。赵玲哭着说：

“我以为他们把你打死了。”

万荣笑了一下。万荣听到赵玲又说：

“都是为了我。电影没看成……”

我不是为了你。万荣想。

万荣的头被打破了。他把一只手放在脸前闻了一下，手上有腥热的血。

“咱们总算看了一场电影。”万荣对赵玲说，“电影里流出来的血不就是这样的么。”

“明天告他们去。”赵玲说。

“咱们回家吧。”万荣说。

“你能行吗？”赵玲说，“我背着你吧。”

“你哪能背得动我。”万荣说，“我能行。咱们走吧。”

赵玲扶着万荣，他们走出漆黑的磅秤廊以后就开始爬坡了。上了坡以后，就能看到路边的石灰窑了，过了石灰窑，离村里就不远了。赵玲指着路边的一块地，对万荣说：

“那块地里种的是什么？”

“玉米。”万荣说。

又指着左边的一块地问道：

“这又是什么？胡麻？”

“是豆子。”万荣说，“你怎么了？你问这些干什么？你以为我被他们打傻了，连地里的庄稼也不认识了吗？我认识。”

“我就怕你被他们打傻了，我担心的正是这个。”赵玲说，“我三姨她们村里有一个人，中午吃饭的时候，突然被人打了一棍子，当时就昏死过去了。等晚上醒来以后，以前的事情全不记得了，连自己的爹妈也不认识了，连他自己是谁也不知道了，全傻了。他的妈指着自己的鼻子，对他说，宝宝，宝宝，我是谁？他笑着说，不知道。他爹把他妈推开，对他说，那么，我呢，你看看我是谁？你一定知道我是谁！他盯着他爹看了一阵，忽然笑着说，你是刘砍，你不算是一个人。”

赵玲的话把万荣逗笑了。万荣说：

“刘砍是谁？肯定不是他爹的名字。”

“不知道。”赵玲说，“也许是一个什么不成器的人。”

“赵玲，你不要难过，我不过是流了一点血，我不会变成一个傻子。”万荣说，“我小的时候，我妈常说，人的身体有时候就需要放放血，放血可以下火。”

“你现在感觉好点儿了吗？”赵玲说。

“好多了。”万荣说，“我现在感到脑子里很清楚。你要不信，可以再问我几个问题。”

“那你说说，现在的季节是什么季节？”

“秋天。再有两天就要过八月十五了。”

“八月十五有什么？”

“天上有月亮，地上有月饼。”

“要是没有月亮呢？”

“……没有月亮，那也还是八月十五。怎么会没有月亮呢？不管早晚，它总要出来的。除非是阴天。”

“要是夜里下了雨，你还能看到月亮吗？不说这个了。说说我，我是怎么回事？”

“你今年二十岁了，本来已到了出嫁的时候了，可是，有两个人就是死死地抓着你不放手，我不知道他们要干什么。”

“不许说我的爹妈，那不关你的事。咱们这是要到哪里去？”

“回家。你回你的家，我回我的家。”

他们一边说着话，一边慢慢地走着，不知不觉已走上山冈，来到了那个石灰窑的附近。他们看见寂静的石灰窑上有一盏马灯正在慢慢地走着，飘移着，那是巡夜的人出来了。

“你那个舅舅住在哪一间房里？”

赵玲望着石灰窑一带的那些零零星星的房屋问道。

“你不是不愿意见他吗？”万荣说，“他已很久没上班了，一直在家里。他病得很厉害。”

“我怕你走累了。”赵玲说，“咱们去他的房里多少歇一会儿，然后再走。”

万荣刚要说什么，这时，他们忽然看见有三个人说着话从石灰窑一带走了过来。一开始的时候，那三个人的影子显得非常矮小，像三个孩子，慢慢地就越来越像大人了。等他们渐渐走近的时候，万荣忽然发现其中有一个人正是自己的舅舅。万荣惊喜地叫道：

“舅舅——”

那三个人听到喊声，都停住了脚步。于是，万荣又高声叫道；

“舅舅，我是万荣。”

一个人向万荣走来，另外那两个人停住了。那个人走过来说：

“万荣，你在这里干什么呢？”

看到万荣身边还站着一个人，就又问道：

“那是谁？你和谁在一起？”

“她是赵玲，我的朋友。”万荣说，“舅舅，天这么晚了，你们要去哪里？”

“看电影。”万荣的舅舅说，“我们要看电影去。”

“我们刚从下面上来，”万荣说，“今天晚上没有电影。”万荣说着，忽然感到自己笑了。万荣伸出手，仿佛摸到了自己的笑容。

“怎么没有电影？”舅舅指着那两个影子中的一个，对万荣说：

“那是矿上的李科长，我们刚在一起吃过饭。他说有电影，刚到的新片子。”

万荣看见那两个人影在前面不远处原地踱着步子，万荣不知道哪一个是李科长。万荣的舅舅这时很急躁地对万荣说：

“你们不去看吗？那我就去了，他们还在等着我呢。”

“舅舅，你的病好了吗？”万荣说，“我本来还想过两天要去看你。”

舅舅看着万荣，笑了一下。

“舅舅，今天晚上真的没有……”万荣的话还没有说完，万荣的舅舅就已急急忙忙地告辞了。

赵玲低声对万荣说：

“他没认出我来。你看那两个人——”

万荣没有说话，他们站在黑暗中的山冈上。万荣回味着舅舅的话和舅舅的那副神色，一边向冈下眺望。望着望着，他突然张大了嘴——在那片阑珊的灯火处，万荣看到一幅白色的银幕正在风中飘舞，像一张白纸……

一九九六年二月五日

编后记

除了另外三部长篇小说以及部分短篇小说由于版权等原因未能收入外，这次编辑出版的作品系列囊括了我目前面世的全部作品，共计有长篇小说六部、中篇小说四十四部、短篇小说三十七部。在各册的编排上，力求和谐。不过，因篇幅字数的差异，有时又确难做到内容与风格上的高度一致甚至相近，如此，同一册之中，有时会有完全不同面目的作品并存。阅读一本风格内容相近的书犹如在一个熟悉宁静的地方漫步，反之，则如同在同一座山上浏览四季；对于阅读者来说，很难说哪一种方式更好。也许，这中间并不存在可比性。此外，部分篇章中偶有另造之词句，我视之为自己之词句，更视之为一个写作者对于语言、对于表达所做之努力或曰贡献。我不喜并厌恶被无数人咀嚼过无数遍的词句及语言，故在与各册编辑商榷后，使它们得以保留。保留它们，也意味着保留了我之所思所想，更是一次与它们生离死别之苦痛的避免。

这套作品系列，贯穿了我迄今为止的写作生涯，从最早到最近。

感谢此系列最早的策划者续小强、孟绍勇二位青年才俊，感谢北岳文艺出版社，感谢北岳文艺出版社众位编辑朋友在此